BETH NESA?

GWEN REDVERS JONES

Argraffiad cyntaf—2000

ISBN 1 85902 844 6

Cyhoeddwyd dan gynllun comisiynu Cyngor
Llyfrau Cymru.

Dymuna'r cyhoeddwyr gydnabod cymorth
Cyngor Llyfrau Cymru.

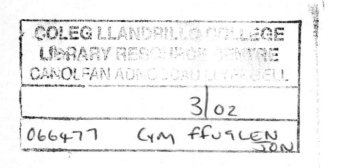
Argraffwyd yng Nghymru gan
Wasg Gomer, Llandysul, Ceredigion

I'm hwyres
Sioned Elinor

BYRFODDAU

eg	enw gwrywaidd
eb	enw benywaidd
egb	enw gwrywaidd neu enw benywaidd
ll	lluosog
GC	gair sy'n cael ei ddefnyddio yng Ngogledd Cymru
DC	gair sy'n cael ei ddefnyddio yn Ne Cymru

Ionawr 4

Wel, dyma fi'n dechrau. Mae'r teulu'n dweud na fydda i byth yn gallu dal ati. Dangosa i iddyn nhw. Ers Dydd Calan mae Iestyn a Mared, fy mhlant annwyl, wedi bod yn gofyn cwestiynau sbeitlyd fel, 'sut mae'r dyddiadur, Mam?' a 'sawl tudalen dych chi wedi ei hysgrifennu?' Maen nhw'n pwnio ei gilydd yn slei wedyn. Pwy fyddai'n magu plant? Ac mae Robat, fy ngŵr, yn llawn cwestiynau hefyd ac mae e'n gwenu'n sbeitlyd wrth holi, 'sut mae Dr Samuel Johnson y bore 'ma? Oes *Writer's Cramp* arno fe?' Dangosa i iddyn nhw. O gwnaf. Chwarae teg i Tad-cu, roedd e'n meddwl ei fod e'n syniad da iawn. 'Mae'n drueni na fyddai Gladys wedi cadw dyddiadur. Byddai fe'n werth ei ddarllen heddiw,' meddai.

Mae Tad-cu'n dal i hiraethu ar ôl ei wraig, Gladys, mam Robat, er bod chwe blynedd ers iddi hi farw. Druan â fe. Roedd rhaid i fi chwerthin amser cinio heddiw pan welodd e fi'n rhoi'r *lasagne* ar y ford.

'Dw i ddim yn mynd i fwyta'r bwyd Mussolini 'na. Dyw fy stumog i ddim wedi cael ei gwneud i dreulio bwyd tramor. Dw i'n siŵr na ddododd Churchill ei fforc mewn bwyd tramor erioed. Roedd e'n wleidydd gwych hefyd.' Roedd Iestyn a Mared yn esgus weindio Tad-cu lan o dan y ford.

dal ati	to keep at it	*bord* (eb) (DC)	*bwrdd*
Dydd Calan (eg)	New Year's Day	*treulio*	to digest
pwnio ei gilydd	to nudge each other	*tramor*	foreign
dal i	to still	*gwleidydd* (eg)	politician
hiraethu ar ôl	to miss	*esgus* (eg)	to pretend
druan â fe	poor thing	*lan* (DC)	*i fyny*

'Does dim gwleidyddion go iawn heddiw; does dim gwahaniaeth rhwng Llafur a'r Torïaid. Byddai Lloyd George yn troi yn ei fedd 'sai fe'n gweld beth sydd wedi digwydd i'r Rhyddfrydwyr. Mae gormod o chwarae plant a misdimanyrs heddiw.' Gwelodd e fy mod i wedi paratoi cig oer a thatws wedi eu ffrïo iddo fe ac roedd e'n hapus wedyn.

Dyma fi'n crwydro unwaith eto. Mae fy meddwl i'n crwydro drwy'r amser, ond mae'n braf meddwl y bydd fy ngor-or-wyrion yn darllen y dyddiadur 'ma ryw ddydd.

Ionawr 7

Dw i eisiau i bobl y dyfodol weld beth oedd yn mynd ymlaen yn yr ardal 'ma ar ddiwedd y mileniwm a sut roedd teulu cyffredin yn byw. Dyna pam dw i'n cadw'r dyddiadur 'ma.

Roedd Nos Galan yn eitha da eleni. Roedd y ddwy dafarn yn Rhydfechan yn llawn fel arfer ac roedd pawb yn canu'n dda yn 'Yr Afr'. Tro'r 'Afr' oedd hi i gael gwasanaeth Bessie ar y piano eleni. Roedd rhai o'r bobl ifanc yn cerdded drwy'r fynwent i fynd o un dafarn i'r dafarn arall. Mae'r fynwent 'na wedi gweld tipyn o fisdimanyrs dros y blynyddoedd. Mae bywyd yn dechrau ac yn diweddu yn y lle 'na.

Mae'n rhaid i fi stopio ysgrifennu cyn hir er na dw i wedi dweud dim byd pwysig eto. Mae llawer o bethau

---

go iawn	real	*gor-or-wyrion*	great-great-
bedd (eb)	grave		grandchildren
Rhyddfrydwyr (ll)	Liberals	*cyffredin*	ordinary
misdimanyrs (ll)	misdemeanours	*tro* (eg)	turn
crwydro	to wander	*mynwent* (eb)	cemetery
		diweddu	to end

eraill mae rhaid i fi eu gwneud, fel y smwddio, a dw i'n siŵr bod y dillad wedi sychu gormod. Anghofiais i eu bod nhw ar y rheiddiadur yn yr ystafell sbâr.

Mae rhaid i fi baratoi'r cinio cyn hir hefyd. Dw i'n siŵr bod y bobl benderfynodd fod rhaid bwyta llysiau a ffrwythau bum gwaith y dydd ddim yn gorfod paratoi'r bwyd. A dw i'n siŵr nad oes rhaid iddyn nhw baratoi bwyd arbennig i'w tad-cu. Mae'n drueni na fydden ni'n gallu cymryd tabledi yn lle bwyta. Byddai amser gyda fi i ysgrifennu fy nyddiadur wedyn. O! dyna'r postman. Fydd rhywbeth heblaw 'jync' gyda fe i ni heddiw, tybed?

Ionawr 8

Mae problem gyda fi. Ddoe, daeth y postmon â llythyr yn fy ngwahodd i ysgrifennu nofel. Nid yr ysgrifennu yw'r broblem. Amser yw'r broblem. Wel, amser a Robat. Does dim ots gyda Robat fy mod i'n ysgrifennu nofelau OND, fel mae e'n dweud,

'Mari fach, dwyt ti ddim yn gallu gwneud popeth. Rwyt ti'n rhy brysur fel mae hi.'

Mae e wedi dweud hyn sawl gwaith a dw i'n gwybod beth bydd e'n ei ddweud pan ddweda i am y llythyr,

'Mari fach, dwyt ti ddim hyd yn oed yn cael amser i ysgrifennu dyddiadur bach syml, heb sôn am nofel arall. Mae gormod o bethau eraill 'da ti i wneud. Mae'n rhaid i ti roi stop ar rywbeth. Penderfyna di beth.'

Stop ar beth? Dw i'n gwybod. Stop ar lanhau, clirio annibendod pobl eraill, golchi a meddwl am beth i'w

---

rheiddiadur (eg)	radiator	*sawl gwaith*	several times
yn lle	instead of	*hyd yn oed*	even
heblaw	besides	*heb sôn am*	never mind
gwahodd	to invite	*annibendod* (eg)	mess

wneud i'w fwyta. Ond rywsut neu'i gilydd, dw i'n mynd i ysgrifennu'r dyddiadur a'r nofel. Os dw i'n cynllunio popeth yn ofalus, bydda i'n iawn. Wel, cynllunio gofalus a llysiau wedi'u rhewi. Fydd y teulu ddim yn gwybod y gwahaniaeth.

Dyw'r nofel ddim i fod yn hir iawn ac mae'n rhaid i bawb gael hobi. Bydda i'n ysgrifennu'r dyddiadur bob penwythnos (cyfraniad hanesyddol pwysig yw ysgrifennu dyddiadur, nid hobi!) A bydda i'n ysgrifennu'r nofel bob prynhawn (hobi). Dechreua i ar y nofel fory a gwna i bopeth arall yn y bore neu yn y nos. Dyna'r broblem 'na wedi ei datrys, felly; dw i'n mynd i ddechrau ar y smwddio nawr. Drato, dyna'r ffôn.

Dechrau prynhawn fory? Fel mae Mared yn ei ddweud, 'No Chance'. Mae pobl yn dod i'r eglwys i chwilio am eu hachau ac mae'r ficer yn brysur. Fi yw warden yr eglwys ac felly mae'n rhaid i fi fynd i'r eglwys i helpu'r bobl 'ma edrych yn y llyfrau. Beth nesa? Bydd mwy o stêm yn dod allan o glustiau Robat na simdde Tomos y Tanc!

Ionawr 18

Traed moch! Dyna'r unig eiriau i ddisgrifio'r pythefnos diwetha. Ond diolch byth mae Iestyn a Mared yn ôl yn yr ysgol. Mae llai o sŵn yma beth bynnag. Heddiw yw'r cyfle cynta dw i wedi ei gael i godi beiro. Wel,

rywsut neu'i gilydd	somehow or other	*achau* (ll)	lineage, roots
cynllunio	to plan	*traed moch*	chaos
hanesyddol	historical	*unig*	only
datrys	to solve	*diolch byth*	thank goodness
		cyfle (eg)	opportunity

heblaw am ysgrifennu rhestr siopa. Dyna'r unig ysgrifennu dw i'n ei wneud y dyddiau 'ma. Os daw'r dydd pan na fydda i'n ysgrifennu rhestr siopa bydda i'n cael *withdrawal symptoms*. Dw i'n fy ngweld fy hunan yn cerdded o gwmpas y tŷ gan sibrwd i mi fy hun: tun mawr o domatos, jam, orennau, coffi, caws, bananas, blawd codi, menyn, powdwr golchi, bacwn, siwgr ac ymlaen ac ymlaen ac ymlaen.

Beth ddigwyddodd i'r nofel? Gwnaeth Robat chwythu a phwffian gan ddweud na fyddwn i byth yn gallu dod i ben. Ond dw i ddim wedi rhoi'r gorau i'r nofel. Dw i wedi ei ffeilio hi yn y cabinet ffeilio yn fy mhen. Bob hyn a hyn dw i'n dechrau meddwl amdani hi a dw i'n cael rhyw fflach o ysbrydoliaeth. Dw i'n cael y fflachiadau 'ma o ysbrydoliaeth wrth wneud pethau awtomatig fel dodi dillad yn y peiriant golchi neu roi cit rygbi Iestyn mewn bwcedaid o ddŵr (dw i'n siŵr eu bod nhw'n chwarae mewn carthffosiaeth – mae'r dillad yn drewi'n ofnadwy weithiau).

Weithiau bydd yr ysbrydoliaeth yn dod wrth i fi ddystio neu smwddio'r dillad gwely. Dw i byth yn cael ysbrydoliaeth wrth smwddio crysau. Mae'r llewys yn fy ngwylltio i ac mae'n rhaid i fi wneud yn siŵr nad oes botwm ar goll. Dw i'n siŵr bod Robat yn tynnu ei fotymau'n bwrpasol weithiau i ddangos nad oes amser

---

sibrwd	to whisper	*ysbrydoliaeth* (eb)	inspiration
blawd codi (eg)	self raising flour	*carthffosiaeth* (eb)	sewage
chwythu	to blow	*drewi*	to stink
dod i ben	to succeed, to cope	*llewys* (ll)	sleeves
rhoi'r gorau i	to give up	*gwylltio*	to make angry
bob hyn a hyn	every now and again	*yn bwrpasol*	intentionally

gyda fi i wneud fy ngwaith yn y tŷ *ac* ysgrifennu nofel. Byddwn i wrth fy modd 'sai pob crys yn cau â 'felcro'.

Roedd y llythyr yn dweud bod eisiau nofel ar bwnc dadleuol neu gyfoes. Mae pob math o bynciau dadleuol yn mynd drwy fy mhen, ond does dim llawer o ddiddordeb gyda fi mewn pethau fel 'na. Mae ysgrifennu am bethau cyfoes yn apelio ata i; efallai galla i ysgrifennu rhywbeth am yr arddegau a chyffuriau. Hoffwn i ysgrifennu am blant yn eu harddegau. Mae Mared a Iestyn yn eu harddegau a dw i'n un o lywodraethwyr eu hysgol. Byddwn i'n gallu ysgrifenu nofel am fod yn llywodraethwr – ond nofel gomedi fyddai hi ac nid nofel ddadleuol!

Dw i wedi dechrau cadw erthyglau ar gyffuriau o'r papurau newydd. Dw i'n dechrau crwydro eto, crwydro yw un o fy ngwendidau. Dw i'n adnabod fy ngwendidau i gyd, ond dw i byth yn eu cyfaddef nhw wrth neb arall. Dw i'n darllen y papurau bob bore wrth fwyta fy mrecwast, ond alla i ddim torri'r erthyglau diddorol allan nes i Robat ddarllen y papurau yn y nos. Erbyn iddo fe eu darllen, dw i wedi anghofio popeth am yr erthyglau ac wedi rhoi'r papurau ym masged y cŵn bach. Mae hen bapurau'n llawer rhatach na blawd llif. Mae'n rhaid i ni arbed bob ceiniog y dyddiau hyn.

Dyn ni'n ffodus iawn bod Tad-cu a Mam-gu wedi ffermio mor ofalus, does dim dyledion gyda ni.

pwnc (eg) *pynciau*	subject	*erthyglau* (ll)	articles
dadleuol	controversial	*gwendidau* (ll)	weaknesses
cyfoes	contemporary	*cyfaddef*	to admit
apelio at	to appeal to	*blawd llif* (eg)	sawdust
arddegau (ll)	teens	*arbed*	to save
cyffuriau (ll)	drugs	*ffodus*	fortunate
llywodraethwyr (ll)	governors	*dyled* (eb)	debt

Chwarae teg i Robat, mae e wedi ffermio'n gall hefyd. Gobeithio bydd pethau'n gwella. Ond does dim pwynt digalonni. Dwedais i wrth Robat fy mod i'n fodlon cadw ymwelwyr, ond pwffian fel Tomos y Tanc wnaeth e unwaith eto! Dwedodd e fod digon gyda fi i'w wneud yn barod a doedd e ddim eisiau cael pobl ddieithr yn cysgu yn ei dŷ e ac yn crwydro o gwmpas ei fferm e. Dw i'n crwydro eto hefyd!

Ionawr 21

Daeth y bobl i'r eglwys i chwilio am eu hachau. Gŵr a gwraig o'n nhw. Does dim byd mwy diflas na helpu pobl sy'n chwilio am eu hachau. Maen nhw'n mynnu mynd drwy lyfrau'r eglwys yn ofalus iawn, ac maen nhw'n cofnodi dyddiadau bedyddio, priodi a marw. Ar ôl edrych drwy'r llyfrau i gyd, maen nhw'n tynnu darn o bapur o'u poced. Ar y papur bydd enw a dyma'r pos yn dechrau.

Fel arfer, menyw sy'n creu problemau achos bydd hi wedi newid ei henw ar ôl priodi. Wel, y tro hwn creodd y fenyw fwy o broblem nag arfer gan ei bod hi wedi priodi ddwywaith. Os oedd hi'n rhywbeth yn debyg i'r perthnasau oedd yn chwilio amdani hi, mae'n rhyfedd ei bod hi wedi priodi unwaith heb sôn am ddwywaith! Sôn am wneud ffwdan!

---

yn gall	sensibly	*menyw* (eb) (DC)	woman,
digalonni	to get depressed		*dynes* (GC)
pobl ddieithr (ll)	strangers	*creu*	to create
mynnu	to insist	*gan*	since
cofnodi	to record	*perthynas* (eb)	
bedyddio	to christen	*perthnasau*	relatives
darn (eg)	piece	*sôn am*	talk about
pos (eg)	puzzle		

Edrychodd y wraig ar y cofrestri sawl gwaith er ei bod hi'n amlwg nad oedd hi'n mynd i gael hyd i unrhyw beth am ei pherthynas. Dwedodd hi bopeth ddwywaith o leia, ac roedd ei gŵr yn dweud popeth ar ei hôl hi fel parot. Heblaw hynny roedd hi'n gwisgo sbectol ddeuffocal, a phob tro roedd hi'n codi ei thrwyn oddi ar gofrestr roedd hi'n sniffian ac yn tynnu'r sbectol i lawr ei thrwyn cyn edrych dros y gofrestr eto. Roedd hi'n edrych fel 'sai rhywbeth yn drewi o dan ei thrwyn. Doedd dim byd mawr yn bod ar y fenyw, ond roedd hi'n mynd ar fy nerfau i. Roedd fy nhraed i'n rhewi, ac yn lle ysgrifennu fy nofel ro'n i'n gwastraffu amser gyda'r fenyw 'ma.

I wneud pethau'n waeth roedd Robat yn sefyll ar y clos pan es i adre. Roedd e'n gwybod faint o amser ro'n i wedi ei 'wastraffu' yn yr eglwys. Ond, er fy mod i wedi gwastraffu amser, ac wedi cael diwrnod diflas, gwelais i rywbeth gododd fy nghalon heddiw.

Wrth edrych drwy'r gofrestr priodasau, gwelais i fod dau enw canol gyda Mrs Sheila Price-Roberts OBE. Dw i ddim yn synnu nad yw hi yn eu defnyddio. Fyddwn i ddim chwaith. Erbyn i rywun ddarllen y dyddiadur 'ma bydd Sheila'n gorwedd yn y fynwent ac felly fydd hi ddim yn gwybod fy mod yn dweud wrthoch chi beth ydyn nhw. Cordelia Lettice! Mae hi'n siŵr o roi OBE ar ei charreg fedd. Mae hi'n ysgrifennu OBE ar ôl ei henw hyd yn oed pan mae hi'n arwyddo

cofrestri (ll)	registers	*synnu*	to be surprised
amlwg	obvious	*chwaith*	either
cael hyd i	to find	*gorwedd*	to lie
o leia	at least	*carreg fedd* (eb)	gravestone
gwastraffu	to waste	*arwyddo*	to sign
clos (eg) (DC)	farmyard, *buarth*		

llythyr, ond rywsut dw i ddim yn credu bydd yr enwau Cordelia Lettice ar ei charreg fedd.

Mae Merched y Wawr heno. Mae menyw o Benclawdd yn dod i siarad am y diwydiant cocos. Mae'n gas gyda fi gocos, ond dw i'n eu coginio nhw i Tad-cu weithiau. Mae e'n hoffi eu bwyta nhw i frecwast gyda sleisen o gig moch. Drato, mae tractor Robat ar y clos. Diolch byth fy mod i wedi paratoi'r bwyd cyn mynd i'r eglwys.

Chwefror 1

Mae hi'n teimlo fel Dydd Calan unwaith eto heddiw. Mae cyfle gyda fi i ddechrau eto ar y gwaith ysgrifennu. Dw i ddim wedi dechrau ar y nofel. Wel, dw i'n gwybod beth sy'n mynd i ddigwydd yn y llyfr ond dw i ddim wedi ysgrifennu'r geiriau eto. Mae Robat yn gofyn bob hyn a hyn,

'Wyt ti wedi dechrau ar y nofel eto? Cofia bod hi i fod i ddod allan fis Tachwedd nesa. Y nofel ddylai fod dy flaenoriaeth erbyn hyn, nid yr eglwys a'r dyddiadur 'na, a Merched y Wawr .'

Fe a'i flaenoriaeth! Dim ond un flaenoriaeth sy gyda fe – ffermio. Wel, ffermio a darllen y *Farmer's Weekly*. O ie, a swnian arna i. Mae tair blaenoriaeth gyda fe felly. A'r bwysica o'i flaenoriaethau? Swnian arna i. Mae swnian Robat fel dŵr ar gefn hwyaden i fi. Wedi dweud hynny, dyw Robat ddim yn ddrwg i gyd. Mae e'n gallu bod yn ddigon annwyl a charedig, er ei fod e

Merched y Wawr	Welsh society for women	*blaenoriaeth* (eb)	priority
diwydiant cocos	cockle industry	*swnian ar*	to nag at
i fod i	supposed to	*hwyaden* (eb)	duck

wedi anghofio am ddydd Santes Dwynwen eleni. Dw i ddim yn mynd i sôn am Robat eto neu bydd ei drwyn e'n cosi. Bydd e'n meddwl ei fod e'n cael annwyd eto. Duw a'n helpo! Does dim byd gwaeth na dyn sy wedi cael annwyd.

Chwefror 3

Rhaid i mi sôn am y fenyw ddaeth i Ferched y Wawr i siarad am y diwydiant cocos. Roedd hi'n ddiddorol dros ben. Mae eu bywyd nhw'n galetach na bywyd ffermwr hyd yn oed. Yn yr hen ddyddiau roedd y menywod yn gweithio mor galed â'r dynion. Mae'n siŵr eu bod nhw gweithio'n galed iawn nawr hefyd. Mae ffatri gyda hi a'i gŵr i baratoi'r cocos a'r bara lawr cyn eu gwerthu. Sôn am reolau llym! Dw i'n credu bod rheolau'r diwydiant cocos yn llymach na rheolau cynhyrchu llaeth hyd yn oed.

Roedd pethau cas yn digwydd yn y gwelyau cocos ddwy flynedd yn ôl. Roedd tipyn o ffraeo ac ymladd. Mae hi'n eitha drwg yno nawr hefyd. Dw i ddim yn deall yn iawn, ond mae e rhywbeth i'w wneud â'r trwyddedau. Hefyd mae'r awdurdodau yn gadael i bobl ddod i mewn i glirio'r gwelyau am ddim. Dw i ddim yn deall y peth yn iawn achos roedd fy meddwl i'n crwydro i'r nofel bob hyn a hyn pan oedd y fenyw'n siarad. Roedd hi'n amlwg ei bod hi'n poeni. Mae pobl

Santes Dwynwen	St Dwynwen (Welsh Valentine)	*rheol* (eb)	rule
cosi	to itch	*llym*	strict
Duw a'n helpo!	God help us!	*cynhyrchu*	to produce
dros ben	extremely	*ffrae*	to quarrel
ffatri (eb)	factory	*trwydded* (eb)	license
bara lawr (eg)	laverbread	*awdurdod* (egb)	authority
		gadael i	to let, to allow

heblaw'r ffermwyr yn cael amser caled y dyddiau 'ma. Roedd hi'n disgrifio'r cocos fel 'sen nhw'r pethau mwya blasus dan haul. Dyna beth gafodd hi i swper cyn dod allan – cocos a winwns. Ro'n i'n teimlo fel blasu cocos ar ôl ei chlywed hi'n siarad amdanyn nhw, ond byddai'n rhaid i fi gau fy llygaid cyn rhoi'r fforc ynddyn nhw.

Chwefror 9

Ces i anffawd ofnadwy heddiw. Roedd hi'n anffawd ofnadwy achos fy mod i wedi gwastraffu arian ac amser, ond doedd hi ddim yn anffawd bersonol. Chwarae teg i Robat, yr amser oedd yn ei boeni e ac nid yr arian. Ro'n i wedi penderfynu gwneud cacennau. Gwneud cacennau yw fy hoff hobi i. Dw i'n dwlu ar wneud cacennau. Un o fy hoff ryseitiau yw torth fanana a mêl. Mae Robat yn hoff iawn o fy *roulade* siocled.

Ro'n i'n meddwl byddai hi'n syniad da gwneud llawer o gacennau a'u rhoi nhw yn y rhewgell. Beth bynnag, i dorri'r stori'n fyr, ar ôl rhoi'r bwyd i gyd yn y rhewgell, es i allan i siarad â phlant ysgol heb gau drws y rhewgell yn iawn. Pan ddes i'n ôl, roedd popeth yn y rhewgell wedi dadrewi. Bydd rhaid i fi roi'r bwyd i gyd i fy ffrindiau. Dau ddiwrnod arall o goginio cyn dechrau ar y nofel!

Sut bynnag, gwnes i fwynhau fy hunan yn yr ysgol. Dw i'n gwybod y bydd llawr o bobl yn anghytuno, ond

---

winwns (DC)	onions, *nionod*	*torth fanana a mêl*	banana and honey loaf
anffawd (eb)	misfortune		
cacen (eb)	cake, *teisen*	*dadrewi*	to defrost
dwlu ar	to love	*anghytuno*	to disagree
rysait (eb)	recipe		

dw i'n credu bod plant yn ddiddorol iawn. Maen nhw mor onest, a dych chi'n gwybod yn syth beth maen nhw'n ei feddwl amdanoch chi. Does dim ots i ble ewch chi – i'r dre neu i gefn gwlad – mae plant pob man yn debyg iawn. Maen nhw'n rhoi digon o syniadau i fi ar gyfer nofelau.

Mae'n rhaid i fi ddechrau ar y nofel 'ma cyn hir neu bydd hi'n rhy hwyr. Roedd rhai o'r bechgyn eisiau i fi ysgrifennu nofel am ddwyn ceir. Efallai galla i ddod â dwyn ceir i mewn i'r stori am gyffuriau. Dyna rywbeth arall i ychwanegu at batrwm y nofel. Mae'n rhaid i fi ddechrau'r gwaith ysgrifennu cyn hir – ond pryd?

Chwefror 11
Yr unig broblem nawr (wel nid yr unig broblem efallai) yw bod ymarferion y Cawl a Chân, sy'n cael ei gynnal yn Neuadd y Pentre bob blwyddyn, yn mynd i ddechrau cyn hir. Mae pob enwad crefyddol, yr ysgol a phob cymdeithas yn paratoi eitem. Dw i'n aelod o dair cymdeithas. Felly dw i allan yn ymarfer dair noson yr wythnos o leia. Bydd Robat yn pwffian unwaith eto! Mae aelodau'r eglwys yn canu fel arfer. 'Dyn ni ddim yn gallu canu ond does dim ots gyda ni. 'Dyn ni'n cael hwyl yn yr ymarferion ac mae Bessie wrth ei bodd yn canu'r piano i ni. Mae'r plant yn chwerthin ac yn pwnio ei gilydd wrth weld pen-ôl mawr Bessie'n symud o ochr i ochr ar stôl y piano a'i phen yn mynd lan a lawr

yn syth	straightaway	*cynnal*	to hold
pob man	everywhere	*enwad (eg)*	denomination
ar gyfer	for	*crefyddol*	religious
dwyn	to steal	*aelod (eg)*	member
ychwanegu at	to add to	*o leia*	at least
ymarferion (ll)	rehearsals	*pen-ôl (eg)*	bottom

gyda'r rhythm. Bob blwyddyn 'dyn ni'n gofyn iddi hi ddewis emyn bach tawel, araf 'dyn ni'n gallu ei ganu'n rhwydd ond dyw Bessie byth yn fodlon,

'Mae emynau tawel yn iawn ar lan y bedd,' mae hi'n dweud bob blwyddyn, 'a 'dyn ni'n canu emynau tawel ar lan beddau'n ddigon aml heb orfod eu canu nhw yn y Cawl a Chân hefyd. Beth am ganu "Cyfrif ein Bendithion"?'

Bob blwyddyn mae Irene, rhif 10, yn ateb Bessie gyda'r un geiriau;

'Bessie bach, cyfron ni ein bendithion ni llynedd. Cyfron ni nhw'r flwyddyn cynt a'r flwyddyn cyn hynny hefyd.'

Ond does dim ots gyda Bessie faint o weithiau 'dyn ni wedi cyfri ein bendithion. Mae hi'n wfftio popeth 'dyn ni'n ei ddweud.

'Mae e'n emyn da a thipyn o fynd ynddo fe. Beth sy'n gwneud i chi feddwl eich bod chi'n canu mor dda bod rhywun yn mynd i gofio beth ganoch chi llynedd? Dewch ymlaen, bois, cyfrwch eich bendithion unwaith eto,' yw ei hateb bob tro.

Does dim rhaid i ni edrych ar y geiriau, o leiaf!

Dw i newydd gofio 'mod i wedi anghofio paratoi'r pys ar gyfer gwneud cawl pys. Mae Tad-cu'n dwlu ar gawl pys, ond mae'n codi gwynt ofnadwy arno fe. Mae'r plant yn credu bod eisiau rhoi purwr aer yn ei drowsus! Mae rhywbeth yn galw o hyd.

---

emyn (eg)	hymn	*Cyfrif ein*	Count our
yn rhwydd	easily	*Bendithion*	Blessings
ar lan y bedd	at the graveside	*newydd*	just
gorfod	to have to	*purwr aer*	air purifier
		o hyd	all the time

Chwefror 16

Wel, sôn am ddiwrnod! Roedd hi'n rhyfel cartre yma nos Sadwrn, wel bore dydd Sul a bod yn hollol gywir. 'Sai un o'n defaid ni heb gael trafferth yn geni oen byddai popeth yn iawn, ond cafodd hi drafferth. Cafodd Mared drafferth hefyd. Roedd hi wedi mynd i barti Sain Folant yn y dre. Aeth Iestyn i'r dafarn gyda'i ffrindiau; mae'n well gyda fe chwarae dartiau yn 'Yr Afr' na mynd i barti. Doedd Robat ddim yn hapus gweld Mared yn mynd allan heb Iestyn, ond fel dwedodd hi, dyw hi ddim yn gweld Iestyn pan mae hi allan beth bynnag. Dyw Iestyn ddim eisiau ei gweld hi. Maen nhw'n crampio steil ei gilydd!

Wrth lwc, welodd Robat mo Mared cyn iddi hi fynd allan. Byddai fe'n chwythu stêm 'sai fe wedi gweld pa mor fyr oedd ei sgert. Erbyn hyn dw i wedi dysgu cau fy ngheg. Dw i'n gwybod bod merched ei hoedran hi i gyd yn gwisgo fel 'na. Edrychodd Tad-cu'n syn ar y lliw glas ar ei hewinedd hi,

'Ydy *rigor mortis* wedi dechrau setio i mewn?' holodd e. Ddwedodd e ddim byd am ei sgert. Dw i'n siŵr ei fod e'n credu taw crys hir roedd hi'n ei wisgo!

'Nac ydy. Ewinedd glas yw'r ffasiwn nawr. Dyna beth mae pawb yn wisgo,' atebodd Mared yn swta.

Edrychodd Tad-cu ar ei ewinedd ei hunan,

'Dw i ddim yn ei wisgo fe.'

'Digrif iawn Tad-cu. Ha! Ha!'

---

rhyfel cartre (eg)	civil war	*erbyn hyn*	by now
a bod yn hollol gywir	to be totally accurate	*syn*	surprised
Sain Folant	Saint Valentine	*ewinedd* (ll)	fingernails
		yn swta	curtly
		digrif	funny

24

'Wyt ti'n siŵr dy fod di'n cael lifft adre?' holais i.

'Ydw, dw i wedi dweud sawl gwaith.'

'Os bydd 'na broblem, ffonia am dacsi.'

'O.K., ac os bydd fandaliaid wedi torri pob ffôn ac os bydd pob tacsi wedi mynd, neidia i ar gefn y camel agosa,' atebodd Mared yn sarcastig cyn gadael y tŷ.

Ychydig oriau wedyn, clywais i Robat yn gweiddi ar y clos. Do'n i ddim yn siŵr iawn beth oedd yn digwydd. Ro'n i yn y gwely. Do'n i ddim wedi mynd i gysgu eto, ond do'n i ddim ar ddi-hun chwaith. Sylweddolais i ar ôl tipyn bod 'na *Robat eruption* yn mynd ymlaen ar y clos. Penderfynais i fynd i lawr rhag ofn bod rhywbeth mawr wedi digwydd. Yna clywais i lais Mared.

Brysiais i allan o'r tŷ i weld beth oedd yn mynd ymlaen. Roedd Robat wedi mynd allan i weld y ddafad oedd yn cael trafferth yn geni ei hoen a chlywodd e sŵn car yn dod i mewn i'r clos. Doedd e ddim yn sylweddoli nad oedd Mared wedi cyrraedd adre. Edrychodd e ar ei wats a gweld ei bod hi'n hanner awr wedi hanner nos. Pan welodd e taw Mared oedd yn y car, gyda dyn dieithr, roedd tipyn o ofn arno fe. Y peth nesa welodd e oedd coesau hir Mared wrth iddi hi ddod allan o'r car. Cododd pwysedd gwaed Robat drwy'r to. Cyrhaeddais i'r clos mewn pryd i glywed ei lais uchel yn dweud,

'Wyt ti'n dweud wrtha i dy fod di mewn car 'da dyn dieithr yn gwisgo sgert mor fyr â 'na?'

---

gweiddi (gwaedd-)	to shout	*dyn dieithr*	stranger
ar ddi-hun	awake	*pwysedd gwaed*	blood pressure
sylweddoli	to realise	*to (eg)*	roof
rhag ofn	in case	*mewn pryd*	in time
brysio	to rush		

'Mae'n well na bod yn y car heb sgert o gwbl. Beth bynnag nid dyn yw e a dyw e ddim yn ddieithr,' gwaeddodd Mared yn ôl. Mae hi a'i thad yn debyg iawn!

'Os nad dyn yw e, hi yw'r fenyw ryfedda welais i erioed. Mae e'n ddieithr i fi. Dw i erioed wedi ei weld e o'r blaen. Cer i'r tŷ. Mae dy fam a fi eisiau gwybod beth sy'n mynd ymlaen. NAWR!'

Aeth y car allan o'r clos fel cath i gythraul. Mae'n siŵr bod y dyn druan wedi dychryn wrth glywed Robat yn pwffian. Cawson ni chwarter awr digon stormus, ond fel arfer chwythodd popeth drosodd. Mae'r ddau'n deall ei gilydd yn well nawr, er bod Robat wedi gweiddi arni hi o flaen y dyn dieithr. Dw i ddim yn credu bod plant yr oes 'ma'n deall ystyr y gair 'cywilydd'. Pwy fyddai'n magu plant a thedi bêrs mor rhad!

Chwefror 19

Mae ymarferion y Cawl a Chân yn mynd ymlaen yn iawn. Mae Merched y Wawr yn cynnal 'Siôn a Siân' ac mae rhai o wŷr a gwragedd y pentre yn mynd i gymryd rhan. Fyddan nhw ddim yn gwybod eu bod nhw'n cymryd rhan nes iddyn nhw gael eu gwahodd i'r llwyfan. Mae'r pentrefwyr wrth eu bodd gyda 'Siôn a Siân'. Gwnaeth yr ysgol feithrin 'Siôn a Siân' ar gyfer tad-cu a mam-gu'r plant ddwy flynedd yn ôl. Roedd

---

o gwbl	at all	*o flaen*	in front of
dieithr	strange, unknown	*Siôn a Siân*	Mr & Mrs
o'r blaen	before		competition
cer (DC)	go, *dos* (GC)	*gwŷr a gwragedd*	husbands and
fel cath i gythraul	like a bat out		wives
	of hell	*llwyfan* (egb)	stage
dychryn	to have a fright	*pentrefwyr* (ll)	villagers
drosodd	over		

pawb yn chwerthin pan ofynnodd yr holwr i Henry, gŵr Bessie, beth oedd y peth ola roedd Bessie'n ei wneud cyn mynd i'r gwely. Doedd dim un o'r tri ateb gynigiodd yr holwr yn ddigon da i Henry. Yr ateb roiodd e oedd,

'Crafu dan ei chorset.'

Roedd wyneb Bessie yn goch dros ben pan glywodd hi'r ateb. Cododd Raymond y cyfreithiwr a gweiddi,

'Cewch chi ysgariad yn rhatach gan ein bod ni'n gymdogion!'

Wrth gwrs, does dim ymarferion gyda 'Siôn a Siân', ond fi sy'n gorfod paratoi'r cwestiynau a dewis y gwŷr a'r gwragedd fydd yn cymryd rhan. Byddai hi'n hwyl cael Sheila Cordelia Lettice OBE, ond dyw Mr Sheila Cordelia ddim yn dod yn agos i'r lle.

Mae Sefydliad y Merched yn gwneud sgets ac mae pob aelod yn cymryd rhan. Does dim llawer o le ar y llwyfan gan fod rhai o'r merched yn eitha tew. Dw i wedi clywed bod Mrs Sheila Cordelia Lettice Price-Roberts OBE (dw i'n mwynhau ysgrifennu ei henw'n llawn!) yn cymryd rhan menyw ffasiynol, snobyddlyd. Fydd hi ddim yn gorfod actio.

Mae'n rhaid i mi gyfaddef fy mod i'n cael llawer o hwyl gydag aelodau côr yr eglwys. Maen nhw'n cymryd popeth o ddifrif. Byddech hi'n meddwl ein bod ni'n paratoi at gystadleuaeth Côr y Byd. Pauline Parry yw arweinydd y côr ac mae hi'n meddwl ei bod hi'n gwybod popeth. Bessie, wrth gwrs, sy'n canu'r piano.

---

holwr (eg)	questionmaster	*Sefydliad y*	Women's
cynnig (cynigi-)	to offer	*Merched*	Institute
crafu	to scratch	*côr* (eg)	choir
ysgariad (eg)	divorce	*cystadleuaeth* (eb)	competition
		arweinydd (eg)	conductor

'*Crescendo* fan hyn, os gwelwch yn dda, Bessie,' mae Pauline yn ei ddweud, 'ac wedyn *diminuendo* graddol. Mae'r tenoriaid yn rhy dawel.'

Fel arfer, dw i ddim yn sylwi bod tenoriaid yno o gwbl! Dyw'r rhan fwya ohonyn nhw ddim yn deall beth mae Pauline yn ei ddweud. Ymunodd Gwynfor Penrhewl â'r côr eleni a chlywais i fe'n gofyn i Mansel Bryn Tirion,

'Pa iaith mae hon yn siarad? Sbaeneg?'

Mae'r canu'n ddigon gwael yn y gwasanaeth ar y Sul ond mae'n waeth pan 'dyn ni'n trio gwneud ein gorau. Winnie Maesllwyn yw'r waetha ohonon ni i gyd. Os dych chi'n gallu dychmygu sŵn tebyg i sŵn morlo a sŵn gafr gyda'i gilydd, dyna lais Winnie Maesllwyn. Ond, chwarae teg, mae hi'n mwynhau ei hunan! Mae hi'n gwybod y geiriau i gyd ac mae hi'n meddwl ei bod hi'n gwybod y tonau hefyd. Dylai hi eu gwybod nhw. Mae hi wedi eu canu nhw ar hyd ei hoes. Mae hi'n mynnu sefyll yn y blaen ac felly mae ei llais hi'n cario i bob man. Mae'n werth edrych ar wynebau'r plant pan 'dyn ni'n canu. 'Dyn nhw ddim yn tynnu eu llygaid oddi ar Winnie ond 'dyn nhw ddim yn chwerthin nac yn gwenu chwaith. Mae syndod pur ar bob wyneb bach. Dim ond unwaith y flwyddyn maen nhw'n clywed y fath sŵn.

Does neb eisiau sefyll wrth ochr Winnie gan ei bod hi'n amhosib cadw at y dôn os dych chi'n sefyll yn rhy

graddol	gradual	*tôn (eb) tonau*	tune
sylwi	to notice	*ar hyd ei hoes*	throughout her life
y rhan fwya	most		
dychmygu	to imagine	*blaen (eg)*	front
morlo (eg)	seal	*syndod (eg)*	surprise
gafr (eb)	goat		

agos ati hi. Dwy flynedd yn ôl, gofynnodd Winnie i fi oedd hi wedi gwneud rhywbeth i rywun yn y côr, neu oedd hi'n drewi neu rywbeth. Roedd hi eisiau gwybod pan nad oedd neb yn fodlon sefyll wrth ei hochr. Ro'n i'n ormod o lwfrgi i ddweud y gwir wrthi hi a dwedais i ei bod hi'n dychmygu pethau. Ers hynny mae hi'n sefyll ar y pen, dw i'n sefyll wrth ei hochr ac mae'r ficer, sy'n gwybod y gwir, yn sefyll y tu ôl iddi hi. Mae Idwal Clochydd, sy'n fyddar ar ôl blynyddoedd o ganu'r clychau, yn sefyll wrth ochr y ficer. Dyna un amser pan dw i ddim yn gallu cyfri fy mendithion!

Diolch byth ein bod ni'n dal i wneud y pethau bach yn Rhydfechan ac yn eu mwynhau nhw.

Mawrth 1

Dydd Gŵyl Dewi. Es i i lawr i'r sgwâr y bore 'ma i weld y merched bach yn cyrraedd yr ysgol. Ro'n nhw yn eu gwisgoedd Cymreig. Roedd rhai o'r bechgyn wedi gwisgo lan hefyd, ond doedd dim un ohonyn nhw wedi bod yn ddigon dewr i wisgo cilt. Y flwyddyn nesa efallai! Roedd digon o bobl y pentre wedi dod i weld y plant. Mae hi'n draddodiad yn Rhydfechan bod pobl yn mynd i'w gweld nhw. Wedyn mae pawb yn mynd i'r siop i gael cwpanaid o goffi a sgwrs am y Cawl a Chân. Mae gweld y plant yn codi hiraeth arna i am Mared a Iestyn pan o'n nhw'n blant bach. Roedd hi'n braf pan o'n nhw'n fach. Roedd y problemau'n llai hefyd. Fy

---

llwfrgi (eg)	coward	*cloch* (eb) *clychau*	bell
ers hynny	since then	*Dydd Gŵyl Dewi*	St David's Day
ar y pen	at the end	*dewr*	brave
y tu ôl i	behind	*traddodiad* (eg)	tradition
clochydd (eg)	sexton	*sgwrs (eb)*	conversation
byddar	deaf		

unig broblemau oedd gorfod dweud 'Na' wrthyn nhw ac edrych ar eu hôl nhw pan oedd annwyd neu'r ddannodd arnyn nhw. Mae plant mor chwit-chwat â phen-ôl babi wedi iddyn nhw gyrraedd yr arddegau.

Aeth popeth yn dda iawn yn y Cawl a Chân nos Wener ond bod menyw newydd Tŷ'n Llan wedi dod â chawl llysieuol gyda hi. Dych chi'n gallu dychmygu wynebau pawb pan ofynnodd hi i Delme Roberts, y prifathro oedd yn arwain y noson, gyhoeddi bod cawl llysieuol ar gael. Cawl llysieuol yn Rhydfechan pan mae'r ffermwyr i gyd yn cael bywyd anodd! Bydd rhaid iddi hi wneud rhywbeth da iawn cyn i ni anghofio hyn. Doedd Eleri Hendre ddim yn hapus iawn gyda Bessie chwaith. Clywodd Eleri hi'n dweud wrth Winnie bod blas *Oxo* ar gawl Eleri ac nad oedd cig ynddo fe o gwbl. Jiw, mae merched yn bethau hapus gyda'i gilydd!

Mawrth 2

Roedd hi'n noson fawr yma ar y fferm neithiwr. Cafodd eisteddfod yr ysgol ei chynnal ddoe. Mae'r plant wedi bod yn paratoi ers wythnosau. Dyw Mared a Iestyn ddim yn yr un 'tŷ' yn yr ysgol ac maen nhw wedi bod yn ffraeo gyda'i gilydd yn ddiweddar. Mae Iestyn wedi bod yn ymarfer gyda'i grŵp pop. Roedd y grŵp yn dod 'ma i ymarfer gan fod y siediau'n ddigon pell o'r tŷ a doedd neb yn gallu clywed y sŵn ofnadwy.

'Mae pawb y dyddiau 'ma yn meddwl eu bod nhw'n gallu canu!' oedd yr unig beth ddwedodd Tad-cu.

---

y ddannodd (eb)	toothache	*cyhoeddi*	to announce
chwit-chwat	fickle	*ar gael*	available
llysieuol	vegetarian	*yn ddiweddar*	lately
arwain	to lead	*ymarfer*	to practise

Cynigiodd Mared am gadair yr eisteddfod. Ro'n nhw'n gwneud y gwaith yn yr ysgol. Mae hynny'n llawer mwy teg. Doedd hi ddim yn meddwl bod siawns ganddi hi i ennill. Felly neithiwr ro'n i'n edrych ymlaen at ei gweld hi'n dod adre i glywed beth roedd y beirniad wedi ei ddweud. Tŷ Iestyn enillodd y darian i'r tŷ oedd wedi ennill y nifer fwya o bwyntiau. Iestyn yw capten y tŷ, felly ro'n ni i gyd yn falch bod ei dŷ e wedi ennill. Daeth ei grŵp pop yn ail. Doedd Tad-cu ddim yn deall sut ro'n nhw wedi cael llwyfan! Mared enillodd y gadair. Ro'n ni wrth ein bodd. Dw i'n credu bydd Robat yn fodlon iddi hi ddangos ei choesau a mynd allan gyda'r dyn dieithr 'na bob nos Sadwrn o hyn ymlaen. Dyw'r dyn ddim mor ddieithr erbyn hyn. Ian yw ei enw fe. Dyw e ddim yn ffôl, ond dyw e ddim yn union fel ni.

Dw i wedi mynd mor bell â chael enw i brif gymeriad y nofel – Orig. Giro tu ôl ymlaen.

Mawrth 9

Buodd tristwch yn Rhydfechan ers i mi ysgrifennu diwetha. Bu farw William Tŷ'r Gongl. Doedd e ddim yn ifanc, roedd e'n wyth deg. Does dim ots pa mor hen oedd e, mae un arall o gymeriadau Rhydfechan wedi mynd. Mae e wedi gadael bwlch ar ei ôl. Mae Rhydfechan mor fach mae pawb yn teimlo fel eu bod

---

edrych ymlaen at	to look forward to	*yn union*	exactly
beirniad (eg)	*beirniaid* judge	*cymeriad (eg)*	character
tarian (eb)	shield	*tu ôl ymlaen*	backwards
nifer (egb)	number	*buodd*	there was,
cael llwyfan	to get staged		there has been
o hyn ymlaen	from now on	*tristwch (eg)*	sadness
ddim yn ffôl	not bad	*bwlch (eg)*	gap

nhw'n colli aelod o'u teulu pan fydd rhywun yn marw. Does dim ots pa mor hen yw'r person sy'n marw.

Cafodd William a'i wraig Annie May eu geni yn Rhydfechan. Yn Rhydfechan priodon nhw a magu eu plant. Daeth y ddau i lawr i ganol y pentre i fyw ar ôl ymddeol o'u fferm. Ro'n nhw'n mwynhau byw ynghanol y pentre. Roedd pobl yn galw i mewn am sgwrs ac roedd William yn cael sgwrs â phobl oedd yn cerdded heibio i'r tŷ wrth iddo fe weithio yn yr ardd. Yn ffodus, doedd e ddim wedi bod yn dost yn hir ac roedd pawb yn mynd i'r tŷ i helpu Annie Mary ac i godi ysbryd William pan oedd e'n dost.

Roedd ei angladd e fel pob angladd yn Rhydfechan. Roedd yr eglwys yn llawn. Roedd rhaid i rai pobl sefyll yn y cefn ac roedd llawer o ddynion yn sefyll tu allan. Mae hi fel hyn bob tro mae angladd yn y pentre, yn enwedig os bydd ffermwr yn marw. Mae diddordeb mawr yn y pentre mewn angladd. Mae'n un o ddigwyddiadau mawr bywyd. Mae llawer o siarad am yr angladd wedyn.

'Weloch chi faint oedd yno?'

'Roedd sawl ficer yno.'

'Roedd rhai o'r tu allan i Rydfechan yno hefyd.'

'Cafodd e angladd parchus iawn.'

'Druan â fe. Dw i'n cofio . . .' ac mae pawb yn dechrau adrodd atgofion.

Mae pawb yn y pentre'n edrych ar angladd fel talu'r gymwynas ola i gymydog a ffrind. Maen nhw'n mynd

tost	sâl	*adrodd atgofion*	to recount
			recollections
ysbryd (eg)	spirit		
angladd (egb)	funeral	*talu'r gymwynas*	to pay last
yn enwedig	especially	*ola*	respects
parchus	respectable		

gyda fe neu hi mor bell â phosibl. Mae cael eich dewis i gario'r arch yn anrhydedd. Fel arfer, y teulu sy'n cario'r arch o'r tŷ ac mae'r cymdogion yn ei chario hi i mewn ac allan o'r eglwys. Mae casglu arian at achos da yn anrhydedd hefyd, a dosbarthu'r taflenni neu barcio'r ceir. Dw i'n siŵr 'sai dyn dieithr yn cyrraedd y pentre ar brynhawn angladd byddai fe'n methu deall beth oedd yn digwydd. Byddai fe'n gweld y ceir i gyd yn cyrraedd sgwâr y pentre a phawb yn gwisgo du a llwyd. Byddai fe'n gweld pobl Rhydfechan a'r ardal o'i gwmpas yn cerdded yn araf am yr eglwys. Does dim ots am y tywydd, nac am y gwaith neu bethau eraill mae'n rhaid eu gwneud. Mae'n rhaid talu'r gymwynas ola.

Mae un neu ddau'n aros am dipyn i ddarllen y cerrig beddau. Maen nhw'n siarad am y bobl sy'n gorffwys o danyn nhw, ac yn cofio sawl stori ddigri am rai ohonyn nhw. Mae'n gyfle i'r gymdogaeth i gyd ddod at ei gilydd a chofio. Fel warden mae'n rhaid i fi fynd i bob angladd a dw i'n drist iawn ymhob un ohonyn nhw. Mae'n rhaid i fi wenu weithiau, sut bynnag, wrth i fi arwain pobl i'w seddau. Mae rhan o'r eglwys yn cael ei chadw ar gyfer y teulu yn unig ac mae'n rhaid i bawb arall eistedd ble mae 'na le. Ond mae rhai pobl yn mynnu dylen nhw fod yn eistedd gyda'r teulu,

'O! Dych chi eisiau i fi fynd yr ochr arall – ond 'dyn ni'n perthyn, *second cousins* ar ochr y wraig,' maen nhw'n dweud bob tro.

---

arch (eb)	coffin	*methu*	to be unable
anrhydedd (eg)	honour	*cymdogaeth* (eb)	neighbourhood
achos (eg)	cause	*sedd* (eb)	seat
dosbarthu'r	to hand out	*yn unig*	only
taflenni	the sheets	*perthyn*	to be related

Pwy ydw i i amau? Dw i'n gobeithio bob tro bydd digon o le i'r teulu go iawn. Mae un fenyw fach, wna i mo'i henwi, sy'n mynnu ei bod hi'n perthyn i bawb!

'Dyn ni wedi colli gormod o bobl yn Rhydfechan yn ddiweddar ac mae pobl ddieithr yn dod yn eu lle. Mae'r hen gymdogaeth yn mynd yn llai ac yn llai. Mae'r draffordd yn rhy agos ac mae cymudo'n rhy hawdd. Dw i ddim yn gwybod beth sydd orau. Darllenais i yn y *Western Mail* ym mis Ionawr am bentrefi yn y gogledd lle mae saith y cant o'r tai yn wag. Beth fyddai orau i Rydfechan? Tai gwag neu gymdogaeth ddieithr? Dw i ddim yn gwybod. Dw i'n gwybod bod y cofnod hwn yn drwm ac yn drist ond dyna fe, dyw bywyd ddim yn hwyl i gyd, ddim hyd yn oed yn Rhydfechan.

Mawrth 16

Wel, credwch neu beidio dw i wedi dechrau ar y nofel. Dw i ddim wedi dechrau ysgrifennu'r nofel yn union, byddai hynny'n ormod o lwc, ond dw i wedi cael amser i fynd drwy'r pethau ro'n i wedi eu torri allan o bapurau newydd a dewis yr eitemau dw i eisiau eu defnyddio. Erbyn hyn mae mam gydag Orig, ond gadawodd ei dad y teulu amser hir yn ôl. Maen nhw newydd symud o'r dre i fyw mewn tŷ cyngor yn y wlad. Er ei fod e'n dal i fynd i'r un ysgol, dyw Orig ddim yn hapus o gwbl. 'Townie' yw e, a nawr mae e'n byw ynghanol yr 'Hambones'.

---

amau	to suspect,	*y cant*	per cent
	to doubt	*cofnod (eg)*	entry, record
bob tro	every time	*Hambones*	nickname for
traffordd (eb)	motorway		country
cymudo	to commute		dwellers

Roedd Orig yn arfer gweithio mewn siop ar ddydd Sadwrn pan oedd e'n byw yn y dre, ond does dim gwaith fel 'na yn y wlad, dim ond ar fferm, a dyw e ddim eisiau ffermio. Does dim discos yn y pentre, a does dim caffi, a gan fod pawb yno yn gwybod ei oedran dyw e ddim yn gallu mynd i'r dafarn. Mae'r rhwystredigaeth yn tyfu. Dyw'r nofel ddim wedi datblygu mwy na hynny, ond o leia dw i wedi dechrau ar y gwaith. Mae'r manylion ar bapur. Pan fydda i wedi dod i adnabod Orig yn iawn, mae'r stori'n siŵr o dyfu'n gyflym.

Ro'n i wedi gobeithio gweithio ar y prosesydd geiriau yr wythnos diwetha. Wel, a dweud y gwir, ro'n i'n eistedd o'i flaen pan ganodd cloch y drws. Siw oedd yno ac roedd hi'n edrych fel 'sai hi wedi cael llond bol. Roedd Anita gyda hi. Nhw sy'n glanhau'r eglwys y mis 'ma. 'Dyn ni i gyd yn cymryd ein tro i lanhau'r eglwys bob mis. 'Dyn ni'n nodweddiadol o ferched – mae pawb yn edrych ar waith ei gilydd yn slei bach! Sylwodd Irene rhif 10 fod papur losin wedi bod mewn un sedd am dri Sul! Roedd rhaid iddi hi edrych ar y rhestr wedyn. Tro Jean y Siop oedd hi i lanhau. Jiw! Jiw!

Roedd Siw ac Anita yn cael trafferth gyda'r hwfer. Doedd e ddim yn gweithio'n iawn. Hollol nodweddiadol o sut mae pethau yn yr eglwys! Roedd Anita a Siw eisiau benthyca fy hwfer i. Dw i'n byw'n rhy agos i'r eglwys! Wrth gwrs roedd y ddwy wedi dod heb eu car. Felly roedd rhaid i fi ddweud ffarwél wrth

---

rhwystredigaeth (eb)	frustration	*yn slei bach*	on the quiet
datblygu	to develop	*papur losin* (eg)	sweet paper
manylion (ll)	details	*hollol*	completely
llond bol	a gutful	*benthyca*	to borrow
nodweddiadol	typical, characteristic		

Orig am y tro a mynd â'r hwfer a Siw ac Anita yn ôl i'r eglwys yn ein car ni.

Ar ôl cyrraedd, penderfynais i aros. Byddwn i'n gwastraffu llai o amser yn aros gyda nhw na mynd yn ôl i'r tŷ ac aros iddyn nhw ddod â'r hwfer yn ôl. Byddai'n rhaid i fi eu gwahodd nhw i'r tŷ. Wedyn byddai'n rhaid i fi gynnig te, a Duw a ŵyr pryd bydden nhw'n mynd. Mae'r eglwys yn edrych yn wag iawn. Mae hi bob tro'n edrych yn foel iawn adeg y Grawys pan nad oes blodau. Ond mae llai o waith glanhau. Does dim dail a phetalau yn cwympo. Mae Siw wedi stopio bwyta siocled yn ystod y Grawys ac Anita wedi penderfynu peidio â gweld bai ar Reg, ei gŵr. Mae hi'n teimlo fel santes, meddai hi, ond mae hi wedi dechrau cnoi ei hewinedd! Gofynnodd Siw beth ro'n i'n ei wneud dros y Grawys. Atebais i fy mod wedi rhoi'r gorau i amser rhydd er mwyn ysgrifennu nofel.

'Jiw, jiw, sut mae hi'n mynd?' holodd Siw'n syn.

'Dyw hi ddim yn mynd o gwbl achos dw i ddim wedi dechrau arni hi eto,' atebais i.

'Ysgrifennu nofel yn dy amser rhydd! Wyt ti wedi gwneud hynny o'r blaen? Fyddai dim amynedd 'da fi i ysgrifennu nofel. Mae'n beth od i'w wneud. Ro'n i'n casáu ysgrifennu traethawd yn yr ysgol ac mae nofelau'n llawer hirach. Pwy sy'n eu darllen nhw? Dw i erioed wedi gweld un o dy lyfrau di,' meddai Anita.

Duw a ŵyr	God knows	*meddai hi*	she said
moel	bare	*cnoi*	to bite
y Grawys (eg)	Lent	*amser rhydd* (eg)	spare time
deilen (eb) *dail*	leaf	*amynedd* (eg)	patience
yn ystod	during	*casáu*	to hate
bai (eg)	fault, blame	*traethawd* (eg)	essay

Ro'n i bron â marw eisiau dweud, 'Wel, 'dyn nhw ddim yn eu gwerthu nhw yn Tesco na Boots, na Marks na Family Value, a dw i ddim yn gwybod pryd buest ti mewn siop lyfrau na llyfrgell,' ond doedd dim pwynt.

Ro'n i'n gwybod bod eisiau clirio bedd William. Felly es i allan i wneud hynny i aros iddyn nhw orffen y glanhau a chael hwyl am ben menyw fel fi'n ysgrifennu nofel! Tra o'n i yn y fynwent ces i sgwrs dw i byth yn mynd i'w hanghofio. Efallai nad ydw i'n cofio pob gair ohoni, ond dw i'n siŵr bod y geiriau dw i'n eu cofnodi yma'n ddigon agos. Mae'n rhaid i fi eu cofnodi nhw er mwyn cael eu defnyddio nhw mewn nofel rhywbryd. Ro'n i wrth fedd William pan glywais i lais bach o'r tu ôl i fi.

'O'ch chi'n nabod y dyn sydd wedi marw?'

Troais i a gweld bachgen bach tua saith oed. Roedd e'n gwisgo balaclafa.

'Sut ro't ti'n gwybod taw dyn oedd e? O't ti'n ei nabod e?' holais i.

'Gwelais i'r car arch yn dod a gwnes i ofyn pwy oedd yn yr arch. O'ch chi'n ei nabod e?'

'O'n.'

'Oedd e'n perthyn i chi?'

'Nac oedd.'

Ar ôl hynny roedd tawelwch fel 'sai'r bachgen bach yn chwilio am y cwestiwn nesa.

'Ydy eich mam chi wedi marw?' gofynnodd e.

'Ydy.'

'Wnaethoch chi grio pan fuodd hi farw?'

'Do.'

'Byddwn i'n crio 'sai fy mam i'n marw hefyd. Gobeithio fydd hi ddim yn marw am amser hir. Dim nes bydda i wedi dysgu sut i wneud sglodion. Dych chi'n ddigon hen i wneud sglodion.'

'Ydw.'

'Dych chi'n O.K. felly. Ydy'ch tad chi wedi marw?'

'Ydy.'

'Mae llawer o'ch teulu a'ch ffrindiau wedi marw, dw i ddim yn nabod neb arall sydd wedi colli cymaint o'i deulu. Mae eich mam chi a'ch tad chi a'r dyn 'na yn y nefoedd nawr.'

'Ydyn.'

Tawelwch eto.

'Pan fyddwch chi'n marw byddwch chi'n gallu eu gweld nhw.'

'Siŵr o fod.' Do'n i ddim eisiau swnio'n rhy bendant.

'Dych chi'n meddwl bydda i'n cael mynd i'r nefoedd er nad ydw i'n mynd i'r Ysgol Sul?'

'Siŵr o fod.'

Saib arall.

'Dyw Siôn Corn ddim yn y nefoedd.'

Gofynnais i iddo fe sut roedd e'n gwybod hynny a ches i'r ateb syml,

'Dyw Siôn Corn ddim wedi marw.'

Do'n i erioed wedi teimlo mor dwp. Aeth y bachgen a do'n i ddim yn gwybod ei enw e hyd yn oed. Dw i ddim yn deall sut do'n i ddim yn ei adnabod e. Ar un adeg roedd pawb yn adnabod pawb yn Rhydfechan.

---

sglodion (ll)	chips	*swnio*	to sound
cymaint	so many	*pendant*	definite
y nefoedd (ll)	heaven	*saib* (eg)	pause

Efallai galla i roi'r bachgen yn fy nofel fel brawd i Orig. Mae hynny'n syniad da. Ro'n i'n hoffi ei wyneb bach yn ei falaclafa mawr. Dyna rywbeth bach arall galla i ei roi yn y nofel. Bydd rhaid i fi ddechrau ysgrifennu pethau i lawr cyn hir.

Mawrth 18

Dw i wedi cael diwrnod ofnadwy. Roedd heddiw'n ddigon i roi iselder ysbryd i'r person mwya hapus. Aeth Robat i'r mart a chafodd e bris trychinebus am y defaid. Dim ond punt yr un! Roedd ei galon yn ei esgidiau pan ddaeth e adre. Dw i'n dechrau poeni hefyd. Mae Tad-cu yn dal yn eitha ffyddiog bod pethau'n mynd i wella. Mae hen gymeriadau fel Tad-cu'n gryf iawn.

'Dw i'n gallu cofio'r tridegau, Robat bach. Roedd hi'n wael yr adeg 'na hefyd ond gwnaeth pethau wella. Wedi i ti gyrraedd y gwaelod, dim ond un ffordd allwch chi fynd – a lan yw 'na. Bydd pethau'n siŵr o wella. Gwranda di ar dy dad.'

Wedyn daeth Iestyn i'r tŷ. Doedd Mared ddim wedi cyrraedd yn ôl eto,

'Peidiwch â dweud gair wrth Mared,' meddai fe, 'ond mae trasiedi'r ganrif wedi digwydd.'

Am eiliad roedd ofn mawr arna i nes i Iestyn esbonio.

'Mae Ian wedi ei dympio hi am rywun sy'n gweithio y tu ôl i'r cownter colur yn Boots. Dyw hi byth yn mynd i ddod dros y peth. Dw i'n siŵr bydd hi'n troi'n lleian,' meddai, ac aeth e allan o'r ystafell.

iselder ysbryd	depression	*gwaelod* (eg)	bottom
trychinebus	disastrous	*canrif* (eb)	century
yr un	each	*colur* (eg)	cosmetics
ffyddiog	hopeful	*lleian* (eb)	nun

Oedd, roedd Mared druan yn drist ofnadwy. Roedd hi'n amlwg ei bod hi wedi bod yn crio a bod y dagrau ar fin dod eto. Roedd rhaid i fi gydymdeimlo â hi. Dyw hi ddim eisiau byw ar hyn o bryd. Wrth gwrs, gwelodd Tad-cu fod rhywbeth o'i le yn syth ac roedd rhaid i hyd yn oed Mared wenu pan meddai fe, 'Dw i erioed wedi hoffi'r boi. Dw i'n siŵr ei fod e'n defnyddio Brylcreem ac yn ysmygu Craven A. Fyddet ti ddim yn gallu byw 'da bachgen fel hwnna ar hyd dy oes. Byddai fe o flaen y drych yn fwy aml ac am fwy o amser na ti. Rhyw hen Feri Jên o beth oedd e.'

Dw i'n credu efallai y daw'r 'Meri Jên' i'r nofel mewn rhyw ffordd neu'i gilydd. Efallai bydd e'n gwerthu cyffuriau. Dyna gymeriad arall yn fy mhen ond heb fod ar bapur. Ond mae hi'n dechrau dod.

Ebrill 1

Diwrnod y Ffŵl. Fi yw'r ffŵl mwya. Dw i wedi sylweddoli o'r diwedd taw Robat sy'n iawn. Pa obaith sy gyda fi o ysgrifennu nofel pan dw i'n busnesu ym mhopeth? Dwedodd Robat un diwrnod nad oes deilen yn cwympo oddi ar goeden heb i fi fynd yno i'w chodi hi neu'n trefnu i rywun arall ei chodi! Dw i'n gwybod beth mae e'n ei feddwl. Dim ond dau beth sydd yn y pentre dw i ddim yn ymwneud â nhw – y Bowls Dan Do a'r Ysgol Feithrin. Ond dw i'n mynd i wylio'r tîm

---

dagrau (ll)	tears	*o'r diwedd*	at last
ar fin	on the point of	*gobaith* (eg)	hope
o'i le	wrong	*busnesu*	to meddle
drych (eg)	mirror	*ymwneud â*	to have something to do with
Meri Jên o beth	a sissy of a thing		
rhyw ffordd neu'i gilydd	some how or other	*dan do*	indoor

Bowls pan maen nhw'n chwarae gartre. Mae'n dipyn o hwyl ac mae rhywbeth gyda fi i ysgrifennu amdano fe i'r papur bro wedyn. Dw i'n hoffi mynd â rhywbeth bach iddyn nhw ei fwyta ar ôl eu gêm. Dw i ddim yn hoffi mynd yno heb ddim byd.

Erbyn hyn dw i'n dechrau deall y *jargon*. Geiriau fel *toucher*, *wood*, *foot fault*. A dw i'n gwybod bod gemau sengl, parau, trioedd a phedwarawdau. Fel arfer, y rhai gorau sy'n chwarae yn y sengl. Chwarddodd Irene, rhif 10, a fi yn y gêm ddiwetha. Torrodd hen ddyn o dîm Llanfawr wynt wrth godi ei fowl. Roedd e'n esgus nad oedd dim byd wedi digwydd, ond roedd Irene a fi'n chwerthin nes ein bod ni'n crio a dechreuodd fy mascara redeg. Ro'n i'n edrych fel panda. Pan ofynnodd Mair i ni beth oedd yn bod, dechreuon ni chwerthin eto gan fod Irene wedi ateb, 'mae'r gwynt yn chwythu'n gryf o'r de heno!'

Tybed alla i roi'r stori 'ma yn fy nofel? Ond dw i'n crwydro eto . . .

Mae Robat yn iawn, does dim digon o amser gyda fi. Dw i'n gwneud llawer gormod o bethau. Dyw hi ddim yn anodd datblygu'r nofel yn fy mhen i. Dw i'n cael amser i feddwl amdani hi wrth fynd o gwmpas fy ngwaith yn y tŷ. Ambell waith mae Tad-cu yn torri ar draws fy meddyliau. Mae'n rhaid i fi wneud yn siŵr fy mod i'n gwneud mwy o waith ar y prosesydd geiriau cyn anghofio popeth dw i wedi meddwl amdano fe. Os dw i'n colli rhai

papur bro (eg)	community newspaper	*pedwarawdau* (ll)	fours
sengl	single	*chwerthin* (*chwardd-*)	to laugh
parau (ll)	pairs	*tybed*	I wonder
trioedd (ll)	trios	*ambell waith*	sometimes
		torri ar draws	to interrupt

41

o'r cyfarfodydd dw i'n mynd iddyn nhw bob wythnos, siarad llai ar y ffôn ambell waith pan fydd rhywun yn ffonio, neu hyd yn oed peidio â'i ateb, bydd gobaith i fi gael digon o amser i ysgrifennu ar y prosesydd geiriau. Mae hi'n anodd y tro 'ma am ryw reswm!

Ysgrifennais i'r nofelau eraill heb lawer o drafferth, ond y tro 'ma, mae hi'n fwy anodd a dw i ddim yn gwybod pam. Dw i ddim yn hoffi siomi pobl. Dyw pobl ddim yn sylweddoli eich bod chi'n gweithio pan dych chi gartre drwy'r dydd. 'Dyn nhw ddim yn edrych ar ysgrifennu nofel fel gwaith! Rhyw ffansi bach yw e. Ond dw i'n gwybod bod y nofel yn mynd i gael ei hysgrifennu achos ei bod hi ar fy meddwl i drwy'r amser. Mae'r cymeriadau'n dechrau datblygu a dw i wedi penderfynu beth sy'n mynd i ddigwydd.

Erbyn hyn mae merch ifanc yn y nofel hefyd. Mae hi'n byw yn yr un pentre ag Orig ond mae hi'n dod o deulu cyfoethog. Dyw hi ddim yn byw mewn tŷ cyngor fel Orig. Dw i'n credu bydd Orig yn syrthio mewn cariad â hi, ond dw i ddim wedi penderfynu eto beth bydd hi'n ei wneud am hyn. Dw i'n edrych ymlaen at gael gweld. Mae'r nofel yn help mawr i basio'r amser pan fydda i'n dihuno yng nghanol nos ac yn methu mynd yn ôl i gysgu. Does neb yn torri ar draws fy meddyliau yng nghanol y nos – wel, dim ond Robat pan mae'n chwyrnu!

---

siomi	to disappoint	*chwyrnu*	to snore
dihuno	to wake up		

Ebrill 5

Roedd cyfarfod o Gyngor Plwyf yr Eglwys neithiwr. Mae angen trwsio'r organ. Does dim llawer o arian gyda ni a does dim llawer o bobl yn dod i'r eglwys chwaith. Mae'n rhaid i ni drio codi arian rywffordd neu'i gilydd – ond er bod pawb yn gwybod bod rhaid codi nifer y bobl sy'n dod i'r eglwys, does neb yn gwneud dim am y peth.

'Mae pob eglwys yn cael yr un broblem,' yw'r esgus bob tro. Yn bersonol, dw i ddim yn credu bod pwynt addurno a thrwsio adeilad mawr i ddim ond un deg pump o bobl. Yr un un deg pump sy'n dod bob dydd Sul hefyd. Mae bron pawb yn ganol oed neu'n henach. 'Sai mwy o bobl yn dod i'r gwasanaeth byddai mwy o arian yn y plât casglu ar gyfer gwneud y gwaith addurno a thrwsio. Byddai pwynt edrych ar ôl yr adeilad wedyn a'i gadw'n dwym. Dw i'n gwybod fy mod i'n crwydro eto, ond mae'r eglwys yn bwysig iawn i fi. Beth bynnag, nid i drafod nifer y bobl sy'n dod i'r eglwys oedd pwrpas y cyfarfod neithiwr; ro'n ni'n trafod ffyrdd o godi arian a dewis anthem ar gyfer bore Sul y Pasg.

Yr un deg pump ohonon ni'n canu anthem? Dychmygwch y peth! Credwch neu beidio, 'dyn ni'n canu anthem bob Sul y Pasg. Mae'n ddigon anodd i ni ganu'r salm bob dydd Sul. Wrth gwrs, mae'n esgus gwych i Pauline Parry ddweud y drefn wrthon ni wrth drio ein dysgu i ganu'n iawn. Gan fod mwy o bobl yn dod i'r eglwys ar fore Sul y Pasg – criw'r insiwrans

---

cyngor plwyf (eg)	parish council	*esgus* (eg)	excuse
trwsio	to repair	*addurno*	to decorate
rhywffordd neu'i gilydd	somehow or other	*dweud y drefn*	to lay down the law/reprimand

crefyddol – mae'n rhaid i ni'r 'bob dydd Suls' eistedd gyda'n gilydd er mwyn canu'r anthem. Yn ffodus, mae côr yr eglwys yn sefyll o flaen y gynulleidfa, felly 'dyn nhw ddim yn gallu ein gweld ni. Dau o'r rhai sy'n gorfod dod yw Iestyn a Mared, ond maen nhw'n dweud ei bod hi'n werth dod er mwyn clywed yr anthem. Nid er mwyn clywed y canu maen nhw'n dod, ond i wylio Pauline Parry. Bydd Pauline wedi cael dillad newydd hefyd. Mae Pauline yn prynu dillad drud drwy'r amser; dw i'n credu dylen ni ofyn iddi hi godi ei chyfraniad at y cwota. Ond dw i'n gas nawr.

Penderfynodd y dynion ar Gyngor Plwyf yr Eglwys gael Ffair Wanwyn unwaith eto er mwyn codi arian. Ddwedodd y merched eraill ddim byd, a ddwedais i ddim byd chwaith; dw i wedi blino meddwl am syniadau newydd. Beth bynnag, dyw'r dynion ddim yn cymryd sylw o beth mae merched y Cyngor yn ei ddweud. Mae ffair neu fore coffi'n siwtio'r dynion yn iawn. Does dim rhaid iddyn nhw wneud dim byd heblaw gosod y byrddau. Mae'r merched yn cwyno digon ar ôl mynd allan o'r cyfarfod ond, a dweud y gwir, maen nhw wrth eu bodd. Byddan nhw i gyd yn brysur iawn yn casglu pethau i'w rhoi ar y stondinau. Dw i'n gwybod bod llawer ohonyn nhw wedi bod yn gwau, gwnïo a chrosio drwy'r gaeaf er mwyn i'r ffair wneud llawer o arian. Mae'n rhaid i'n Ffair Wanwyn ni wneud yn well na Ffair Nadolig eglwys Glanrafon.

---

cynulleidfa (eb)	congregation	*stondin* (eg)	stall
er mwyn	in order to	*gwau*	to knit
Ffair Wanwyn (eb)	Spring Fair	*gwnïo*	to sew
gosod	to set up	*crosio*	to crochet
byrddau (ll)	tables		

Cystadleuaeth iach, Gristnogol! Does dim ots 'da fi. Dw i'n mwynhau coginio, ond bydd Robat yn ei Tomos Tancio hi eto!

Ebrill 6

Gawson ni hwyl heddiw. Ro'n i wedi penderfynu amser hir yn ôl fy mod i eisiau papuro'r cyntedd. Does dim amser gyda fi i bapuro a dw i ddim yn papuro'n dda iawn chwaith, felly gofynnais i i Winnie Maesllwyn ddod i wneud y gwaith. Mae'n rhaid i fi ddweud bod Winnie'n papuro'n dda iawn. Mae ei gwaith hi'n berffaith. Hi sy'n papuro i Mrs Sheila Cordelia Lettice Price-Roberts OBE. A dim ond y 'very best, my dear,' mae Sheila'n ei gael. Cyn diwedd y dydd, roedd rhaid i Tad-cu druan roi gwlân cotwm yn ei glustiau am fod Winnie'n ymarfer yr anthem wrth wneud ei gwaith. Es i i mewn i'r ystafell fyw ac ro'n i'n meddwl bod rhywbeth wedi digwydd i Tad-cu. Ces i dipyn o sioc. Roedd e'n eistedd yn ei gadair ac roedd ei lygaid ar agor ond pan siaradais i â fe, ches i ddim ateb. Pan es i ato fe, gwelais i'r gwlân cotwm yn ei glustiau.

'Clust dost Tad-cu?' gofynnais i â chydymdeimlad.

'Clust dost, wir!' atebodd e'n eitha cas. 'Mae'r fenyw 'na'n meddwl ei bod hi'n Basg yn barod. Mae hi wedi canu'r anthem 'na drwy'r dydd. Erbyn hyn dw i a Winnie wedi dysgu'r geiriau'n berffaith ond 'dyn ni ddim yn gwybod y dôn eto. Byddai stabl yn llawn o fulod yn canu'n well. Dw i'n siŵr na ddaw Duw yn

iach	healthy	*cydymdeimlad* (eg)	sympathy
Cristnogol	Christian	*Pasg* (eg)	Easter
cyntedd (eg)	hall	*mul* (eg)	mule
am fod	because		

agos i eglwys Rhydfechan os taw dyna sut mae'r côr yn swnio. Dim peryg.'

Ro'n i'n cytuno â phob gair ddwedodd yr hen ddyn annwyl.

Ebrill 13

Dw i ddim yn ofergoelus fel arfer, ond mae heddiw'n wahanol! Mae'r dyddiad yn siarad drosto'i hun. Dw i wedi cael bore ofnadwy. Ro'n i'n meddwl fy mod i wedi colli tocynnau'r Ffair Wanwyn. Ro'n i wedi cael ugain o docynnau i'w gwerthu oddi wrth Bessie. Ro'n i'n meddwl bod ugain yn ormod, ond does dim pwynt dweud hynny wrth Bessie. Roedd y tocynnau'n costio punt yr un. Am bris y tocyn ro'ch chi'n cael mynd i mewn i'r ffair a chael rhywbeth bach i'w fwyta. Sut ro'n i'n mynd i werthu ugain tocyn? Roedd bron pob aelod o'r eglwys wedi cael rhai i'w gwerthu. Doedd neb ar ôl i'w prynu nhw. Yn sicr do'n i ddim yn mynd i brynu'r ugain fy hunan. Byddai'n rhaid i fi brynu pum tocyn beth bynnag, un i bawb yn y teulu. Dw i ddim yn credu bod gobaith i fi gael yr arian yn ôl oddi wrthyn nhw.

Penderfynais i gallwn i werthu un i Lucy pan fyddai hi'n dod i dorri fy ngwallt i ar y deunawfed, ac un i Sybil a'i brawd sy wedi symud i fyw i'r dre. Byddai'n rhaid i fi eu ffonio nhw i ofyn iddyn nhw beidio â phrynu tocyn oddi wrth neb arall. Bydd Idwal Clochydd wedi mynd i weld pawb yn yr ardal i ofyn iddyn nhw brynu tocyn. Dyna wyth o docynnau wedi mynd, dim

---

dim peryg	no fears	*tocyn* (eg)	ticket
ofergoelus	superstitious	*ar ôl*	left, remaining
drosto'i hun	for itself		

ond deuddeg ar ôl. Rhoais i'r tocynnau ar y meicrodon yn y gegin. Gwelais i nhw yno sawl gwaith – tan y bore 'ma.

Bore heddiw ffoniodd Winnie Maesllwyn i ofyn oedd tocynnau gyda fi ar ôl. Haleliwia! Roedd hi eisiau deg. Dwbl haleliwia! Es i i'r gegin. Cerddais i at y meicrodon. Cwympodd fy nghalon i waelod fy stumog. Dim ond i fi byddai hyn yn digwydd – doedd y tocynnau ddim yno. Roedd y tocynnau i gyd wedi diflannu ac roedd Winnie eisiau deg. Ac roedd hi'n dod i'w casglu cyn cinio. Dw i'n siŵr nad oes neb ond fi'n poeni am bethau fel hyn. Bore heddiw ro'n i'n poeni'n ofnadwy. Symudais i'r meicrodon. Doedd dim byd y tu ôl iddo fe, a dim ond un pryf wedi marw oedd o dano fe. Symudais i'r teledu oedd wrth ochr y meicrodon. Doedd dim byd yno chwaith. Edrychais i ymhobman yn y gegin, ond doedd dim tocyn yn unman. Byddai'n rhaid i fi dalu ugain punt a chyfaddef wrth Winnie fy mod i wedi colli'r tocynnau. Noson y ffair byddai'n rhaid i fi gyfaddef wrth pwy bynnag oedd yn casglu'r tocynnau wrth y drws fod yr arian gyda fi i dalu am y tocynnau ond bod dim tocyn gyda fi. Fyddai dim tocyn gyda neb arall yn y teulu chwaith. Byddai ffwdan fawr wedyn.

Ro'n i'n meddwl efallai mod i wedi rhoi'r tocynnau yn un o'r droriau gyda rhywbeth arall pan o'n i'n tacluso. Pam dw i mor anhrefnus? Oes rhaid i fi gadw pob bag papur a phob band rwber?

Ond doedd y tocynnau ddim yn y droriau. O! na, meddyliais i. Paid â dweud fy mod i wedi eu rhoi nhw

meicrodon (eg)	microwave	*yn unman*	anywhere
tan	until	*tacluso*	to tidy up
pryf (eg)	insect	*anhrefnus*	disorganized

yn y bin! Yn gynta chwiliais i yn y bag du sy'n dal pethau i'w llosgi. Ro'n i'n gobeithio bydden nhw yno, ond do'n nhw ddim. Ych a fi, meddyliais wrth i fi feddwl am chwilio yn y bin arall lle ro'n i'n rhoi y bwyd doedd neb eisiau ei fwyta. Ond do'n nhw ddim yno chwaith. Erbyn hyn ro'n i'n teimlo'n eitha tost. Byddai colli'r tocynnau'n esgus i Robat gael bod yn Tomos y Tanc unwaith eto.

Fy mag llaw oedd yr unig le do'n i ddim wedi edrych. Ond do'n i ddim wedi eu rhoi nhw yn fy mag llaw. O'n i? O o'n! Dw i ddim yn gwybod pryd rhoais i nhw yn y bag, ond dyna lle ro'n nhw. Pam ro'n nhw yno? Dw i ddim yn gwybod. Ro'n i'n falch iawn cael hyd iddyn nhw. Dyna beth oedd gwastraff amser. Does dim ots erbyn hyn. Does dim rhaid i fi ddweud wrth neb nawr fy mod i wedi colli'r tocynnau. Ro'n i'n teimlo'n llawer gwell. Byddai'n well gyda fi dalu ugain punt na chyfaddef fy mod i wedi eu colli nhw.

Ebrill 17
Dw i wedi dechrau rhoi'r nofel ar bapur erbyn hyn. Dim ond dechrau dw i. Dw i ddim wedi ysgrifennu llawer eto. Do'n i ddim yn brysur iawn yr wythnos diwetha. Mae'r bennod gynta wedi ei theipio i mewn i'r prosesydd geiriau ac mae Robat yn methu credu'r peth. Dw i'n teimlo'n hapus hefyd ar ôl dechrau. Mae'n rhyddhad mawr. O'r diwedd dw i'n cael rhoi rhywbeth i lawr ar bapur a gweld geiriau sydd wedi bod yn troi a throi yn fy mhen i ers amser. Geiriau a syniadau dw i wedi bod yn meddwl amdanyn nhw wrth smwddio,

---

pennod (eb)   chapter   *rhyddhad* (eg)   relief

golchi, coginio a phob peth arall. Dw i'n gobeithio bydd yr wythnos 'ma'n rhoi cyfle i fi gario ymlaen.

Dw i'n dechrau dod i adnabod a hoffi'r cymeriadau. Byddan nhw'n ffrindiau i fi cyn hir. Dyna un peth dw i'n ei weld pan fydda i'n ysgrifennu. Mae hi'n anodd dechrau, ond unwaith dw i'n ysgrifennu dw i'n cael hwyl arni hi. Dw i'n hoffi gweld y cymeriadau'n tyfu a'r cynllun yn datblygu. Mae'n gyffrous gallu dianc i fyd arall am ychydig o oriau bob dydd. Ond, bob hyn a hyn, byddwn i'n clywed llais yn dweud,

'Mam, ble mae fy nillad rygbi i?'

Neu,

'Mam, oes munud 'da chi i edrych dros hwn?'

Neu,

'Mari, ffonia'r fet i fi plîs.'

Neu,

'Mari fach, wyt ti wedi gweld ble gadewais i fy sbectol ddarllen? Dw i ddim yn gallu gweld dim byd 'da'r sbectol hon.'

Ac yn anffodus, mae'n rhaid i fi ddychwelyd i'r byd go iawn.

O ie, anghofiais i sôn am Sul y Pasg. Wrth gwrs roedd yr eglwys yn eitha llawn am unwaith. Roedd Pauline Parry wedi gwisgo'n fwy smart nag erioed, ond roedd Mrs Sheila Cordelia Lettice Price-Roberts OBE yn rhoi hyd yn oed Pauline yn y cysgod. Dw i ddim yn gwybod ble maen nhw'n cael yr amser i fynd i chwilio am ddillad newydd drwy'r amser. 'Dyn nhw ddim yn

---

cynllun (eg)	plot	*yn anffodus*	unfortunately
cyffrous	exciting	*dychwelyd*	to return
dianc	to escape	*cysgod* (eg)	shadow

cael hyd i bethau fel 'na mewn un bore. Dw i'n siŵr 'dyn nhw ddim yn eu prynu nhw'n lleol chwaith.

Wrth gwrs, does dim gwasanaeth yn eglwys Rhydfechan heb fod ryw anffawd yn digwydd. Nid bai Idwal Clochydd oedd hi'r tro 'ma chwaith, er ei fod wedi cael sawl anffawd gyda'r clychau cyn heddiw. Wnaeth Bessie ddim chwarae'r organ yn rhy gyflym chwaith a doedd yr anthem ddim yn swnio'n waeth nag arfer. Pan es i i dderbyn y cymun, ces i sioc. Ro'n i eisiau chwerthin pan welais i, ar gadair yr esgob, raw lwch fawr felen, brws llaw a thun o *Pledge*. Roedd rhaid i fi fynd i edrych ar y rhestr glanhau i weld tro pwy oedd hi i lanhau'r mis 'ma. Dw i'n gwybod nad yw hi'n beth neis iawn i'w wneud, ond do'n ddim yn gallu gwrthsefyll y demtasiwn! Irene rhif 10 oedd hi. Wel, wel!

Ebrill 26

Trychineb! Dwy drychineb. Y drychineb gynta yw dw i ddim wedi llwyddo i symud ymlaen i ail bennod y nofel. Dw i'n dechrau meddwl nawr na fydd hi byth yn barod mewn pryd. Mae Robat wedi gorffen cwyno erbyn hyn. Yr unig beth mae e'n ei ddweud yw,

'Paid â dweud wrtha i dy fod ti'n ysgrifennu nofel.'

Bydd rhaid i fi drio ei hysgrifennu hi heb iddo fe wybod!

Chwarae teg, dw i wedi bod yn brysur dros ben. Mae'r wythnos 'ma wedi bod yn ofnadwy. Dydd Llun roedd rhaid i fi fynd â Tad-cu i'r dre at y doctor. Wrth

yn lleol	locally	*rhaw lwch* (eb)	dustpan
cymun (eg)	communion	*gwrthsefyll*	to withstand
esgob (eg)	bishop	*trychineb* (eb)	disaster

gwrs, roedd rhaid iddo fe gael cinio yn y siop sglodion. Roedd e'n arfer mynd yno i gael cinio pan oedd e'n mynd ag anifeiliaid i'r mart cyn iddo fe ymddeol. Wedyn roedd rhaid mynd i weld y mart a galw yn y Co-op i weld oedd y lle wedi newid. Aeth y diwrnod heibio heb i fi wneud fawr ddim arall.

Dydd Mawrth daeth Lucy i dorri fy ngwallt i a chwarae teg iddi hi, prynodd hi docyn i'r Ffair Wanwyn. Addawodd hi roi potelaid o siampŵ a *conditioner* ar gyfer y raffl. Er bod Lucy wedi newid steil fy ngwallt, ddwedodd neb ddim byd. Dim hyd yn oed Mared. Mae Iestyn yn dweud bod cariad newydd gyda hi. Dyw e ddim yn dweud pwy yw cariad newydd Mared, ond dw i'n credu ei fod e'n gwybod. Dw i'n gobeithio bod y cariad newydd yn well na'r Ian 'na.

Prynhawn dydd Mercher roedd bedydd yn yr eglwys am ddau o'r gloch ac roedd rhaid i fi fod yno. Dw i ddim yn deall pam nad yw pob bedydd ar y Sul. Mae rhai pobl yn hoffi bod yn wahanol. Dydd Iau plannais i hadau yn y tŷ gwydr. Bydd rhaid i fi gofio rhoi dŵr iddyn nhw. Dyna ragor o waith i fi.

Ond dw i'n crwydro eto . . . dydd Gwener digwyddodd yr ail drychineb. Ro'n i wedi bod yn coginio cacennau ar gyfer y Ffair Wanwyn drwy'r dydd. Ar ôl eu coginio, rhoais i nhw yn y rhewgell. Ro'n i wedi gwneud dwy dorth frith, dwy gacen siocled a dwy dorth fanana yn y Rayburn. Yn y ffwrn drydan ro'n i wedi gwneud pedair cacen sbwng, pedwar dwsin o

---

fawr ddim	not much	*hadau* (ll)	seeds
addo (addaw-)	to promise	*tŷ gwydr* (eg)	greenhouse
bedydd (eg)	christening	*ffwrn drydan* (eb)	electric oven
plannu	to plant		

gacennau bach, a bisgedi. Wrth gwrs, roedd rhaid addurno'r cacennau wedyn. Salad gawson ni i ginio ac roedd cawl gyda fi i swper. Felly, doedd dim rhaid i fi goginio. Ar ôl swper ro'n i wedi blino'n lân ac ro'n i eisiau cael bàth. Roedd fy ngwallt yn edrych yn ofnadwy ac ro'n i'n teimlo'n ych a fi, ond cyn i fi gael bàth eisteddais i i ddarllen y papur. Dyna pryd canodd y ffôn. Mared aeth i'w ateb.

Ro'n i mewn panig llwyr ar ôl clywed y neges. Y noson honno ro'n i i fod i siarad â Merched y Wawr, Llanon. Ro'n i'n credu taw ym mis Mai ro'n i i fod yno! Ro'n nhw'n ffonio i ofyn ble ro'n i. Diolch byth taw dim ond taith o chwarter awr yn y car yw hi i Lanon. Felly ches i ddim bàth. Olchais i mo fy ngwallt. Newidiais i fy nillad yn gyflym a fy moddi fy hunan â phersawr. Wel, roedd rhaid i fi gael rhywbeth i guddio arogl chwys, cacennau a chawl. Diolch byth fy mod i'n gwybod llawer o storïau ysbryd ar fy nghof. Dw i ddim eisiau'r profiad 'na byth eto. Dw i ddim yn mynd i ddweud beth ddwedodd Robat! Dyna fe, mae e drosodd nawr. Fydd dim rhaid i fi fynd yno eto.

Ebrill 30

Dim ond nodyn byr yw hwn. Mae'n rhaid i fi ei gofnodi. Mae Robat yn cwyno fy mod i'n gwneud gormod, ond nawr mae e wedi meddwl am ragor o bethau i fi eu gwneud. Dw i ddim yn credu'r peth.

wedi blino'n lân	exhausted	*cuddio*	to hide
llwyr	complete	*arogl chwys*	the smell of
neges (eb)	message		sweat
boddi	to drown	*ar gof*	by heart
persawr (eg)	perfume	*profiad* (eg)	experience

Amser brecwast heddiw, pan oedd e'n stwffio'i fol gyda chig moch, wy, tomato a bara saim, meddai fe,

'Does dim blas ar yr wyau 'ma. Dw i ddim wedi cael blas ar wyau ers blynyddoedd.'

Mae e wedi bod yn hir iawn cyn dechrau cwyno!

Dwedais i wrtho fe taw wyau clos o'n nhw, nid rhai batri. Doedd e ddim yn fy nghredu. Yna cwympodd e'r bom,

'Byddai hi'n syniad da iawn i ni gadw ieir. Byddai wyau ffres, iach 'da ni. Cawn ni ddigon o ieir i roi wyau i ni ac i'w gwerthu. Byddai fe'n arian poced bach da i ti, Mari.'

Arian poced bach da i ti, Mari! Dwedais i wrtho fe ble i roi ei arian poced, ei ieir a'i wyau. (Dw i ddim yn gallu dweud beth yn union ddwedais i fan hyn!)

Mai 2

Ddoe roedd hi'n Galan Mai a chawson ni Ffair Wanwyn dda iawn. Y diwrnod cyn y ffair, buon ni'r merched yn brysur iawn yn glanhau'r neuadd. Dw i ddim yn hoff iawn o lanhau'r neuadd. Mae digon o waith glanhau gyda fi gartre. Mae rhai merched wrth eu bodd yn glanhau. 'Dyn nhw ddim yn hapus os nad oes brws neu ddwster neu fop yn eu dwylo. Iddyn nhw mae glanhau'r pres yn nefoedd. Mae fy mhethau pres i i gyd yn frown. Roedd y neuadd yn llawn prysurdeb a sŵn. Roedd hi fel nyth morgrug, wel, bron fel nyth morgrug – mae morgrug yn dawelach na merched Rhydfechan!

---

bara saim (eg)	fried bread	*pres (eg)*	brass
wyau clos (ll)	free range eggs	*prysurdeb (eg)*	activity
Calan Mai	1st May	*nyth morgrug (eb)*	ants' nest

Daeth rhai o'r dynion i osod y stondinau, llenwi'r twba lwcus, gosod y gêm 'Lladd llygoden fawr', a gosod y ceffylau pren yn barod ar gyfer y rasys. Rhoion ni bopeth ar y stondinau fore Calan Mai. Roedd hi'n werth gweld y lle. Roedd y neuadd yn llawn ffrwythau, llysiau, cynnyrch cartre, a phethau pert wedi eu gwau a'u gwnïo. Roedd stondin hen deganau a llyfrau, stondin boteli a bric-a-brac.

Roedd y cystadlaethau'n boblogaidd hefyd. Cystadlaethau fel ble roedd y fuwch yn teilio, faint o losin oedd yn y botel, beth oedd pwysau'r dorth frith a beth oedd enw'r ddol. Rhyw ddiwrnod, efallai bydd rhywun yn darllen y dyddiadur hwn ac yn methu credu bod y fath bethau yn digwydd yn Rhydfechan ar ddiwedd y mileniwm. Rhan o hanes yn unig fydd achlysuron fel hyn i bwy bynnag fydd yn darllen y llyfr yn y blynyddoedd i ddod. Ar ôl i ni drefnu popeth a llenwi pob stondin, roedd hi'n braf sefyll wrth y drws yn edrych ar y neuadd. Roedd hi'n werth ei gweld ac roedd pawb wedi gweithio'n galed gyda'i gilydd ac wedi mwynhau'r gwaith. Does dim lle tebyg i Rydfechan yn y byd! Roedd hi'n braf clywed Iestyn yn dweud,

'Mam, dw i'n siŵr na fyddai hanner y wlad yn credu bod lle tebyg i Rydfechan. Dw i'n falch fy mod i'n byw 'ma.'

Ces i sioc yn y Ffair. Ro'n i'n brysur y tu ôl i'r stondin gacennau pan bwniodd Irene rhif 10 fi.

'Helô,' meddai hi dan ei hanadl, 'edrychwch.'

---

llenwi (llanw-)	to fill	*pwysau* (ll)	weight
llygoden fawr (eb)	rat	*achlysur* (eg)	occasion
cynnyrch cartre (eg)	home produce	*anadl* (egb)	breath
teilio	to defecate		

54

Roedd Mared newydd gerdded i mewn gyda Llŷr, mab Delme Roberts y prifathro. Nid digwydd cerdded i mewn ar yr un pryd roedd y ddau. Ro'n nhw'n gafael yn nwylo ei gilydd ac roedd hi'n gwisgo fy nghrys denim newydd i. Wel, o leia bydd Llŷr yn plesio Robat yn well nag yr oedd Ian, ac all Tad-cu ddim dweud bod Llŷr yn defnyddio Brylcreem ac yn smygu Craven A.

Do, aeth popeth yn dda iawn. Gwnaethon ni ddigon o arian i allu trwsio'r organ ac ar ôl gorffen aeth pawb i'r 'Afr'. Does neb yn deall ystyr amser cau yn Rhydfechan!

Mai 17

Mae pythefnos arall wedi mynd heibio. Erbyn hyn mae tair pennod o'r nofel ar bapur a llawer mwy ohoni hi'n datblygu yn fy mhen. Dw i'n dechrau dod i adnabod y cymeriadau'n eitha da erbyn hyn. Yn aml iawn yn ystod y dydd dw i gyda nhw ymhell o Rydfechan. Mae hi fel bod mewn dau fyd. Mae fy nghorff i mewn un lle a fy meddwl i mewn lle arall. Weithiau dw i yng nghanol rhyw ddrygioni gydag Orig a bydda i'n clywed Tad-cu yn gofyn rhywbeth fel, 'Mari, wyt ti'n cofio beth yw ail bennill "Mawr oedd Crist yn nhragwyddoldeb"?' Neu bydda i ynghanol sŵn a goleuadau *rave* a bydd Robat yn dod i mewn a dweud, 'Mari, dere i roi help llaw i fi yn y parlwr godro am funud'.

ar yr un pryd	at the same time	*drygioni* (eg)	mischief
gafael yn	to hold	*pennill* (eb)	verse
plesio	to please	*tragwyddoldeb* (eg)	eternity
yn aml	often	*goleuadau* (ll)	lights
ymhell o	far from	*dere* (DC)	come, *tyrd* (GC)
corff (eg)	body	*parlwr godro* (eg)	milking parlour

Dau fyd gwahanol. Dw i ddim yn mynd i sôn llawer am y nofel nawr, ond dw i'n gweld llawer o bosibiliadau ynddi hi. Dw i ddim yn siŵr a yw ei gorffen hi erbyn mis Awst yn un o'r posibiliadau. Os bydda i'n llwyddo i'w gorffen, rhoia i deitl y nofel yn y dyddiadur hwn. Efallai byddwch chi eisiau prynu'r nofel a'i darllen.

Dw i byth yn sôn am y nofel wrth Robat nawr. Dw i'n siŵr ei fod e wedi anghofio amdani hi erbyn hyn. Diolch byth! Mae hi'n mynd i fod hyd yn oed yn fwy anodd i fi gael amser i ysgrifennu o hyn ymlaen. Byddwn ni'n dechrau ar y silwair cyn hir a dw i'n gwybod y bydd Robat eisiau fy help yn eitha aml. Ond dw i'n benderfynol o orffen y nofel rhyw ddiwrnod. Dw i ddim yn mynd i ollwng Orig. Mae'n rhaid iddo fe gael y cyfle i fodoli. Dyna'r hen ffôn 'na eto. Beth nesa? Mae e'n canu'n ddi-baid heddiw.

Mai 20

Dw i ddim yn meddwl fy mod i wedi stopio chwerthin ers i'r ffôn ganu dri diwrnod yn ôl. Bessie oedd ar y ffôn ac a dweud y gwir roedd hi'n anodd ei deall hi am ei bod hi'n chwerthin cymaint. Idwal Clochydd oedd achos y chwerthin. Mae Idwal yn ddyn rhyfedd iawn a dw i'n siŵr ei fod e'n mynd yn fwy rhyfedd bob blwyddyn.

Dydd Mawrth roedd Bessie wedi mynd i'r eglwys i chwilio am lyfr cerddoriaeth ac roedd Henry wedi mynd gyda hi. Wrth iddyn nhw gerdded drwy'r

silwair (eg)	silage	*bodoli*	to exist
penderfynol	determined	*yn ddi-baid*	incessantly
gollwng	to let go	*cerddoriaeth* (eb)	music

fynwent, gwelon nhw Idwal yn mynd i mewn i'r sièd
lle mae'r peiriant torri gwair yn cael ei gadw.
Penderfynodd Henry fynd i gael sgwrs ag Idwal tra bod
Bessie yn yr eglwys. Nawr, mae Idwal yn meddwl ei
fod e'n grefftwr ac yn gwybod popeth am adeiladau.
Dyw e ddim. A dweud y gwir, mae ofn ar bawb pan
maen nhw'n gweld Idwal gyda llif neu forthwyl yn ei
law.

Mae Idwal hefyd yn cael syniadau rhyfedd ac mae'n
amhosib ei berswadio fe bod y syniadau'n hurt. Y
syniad dydd Mawrth oedd bod eisiau tŷ bach ar gyfer y
ficer. Doedd Idwal ddim yn credu y dylai fod rhaid i'r
ficer orfod mynd drwy'r fynwent i'r tai bach cyhoeddus
yn y parc. Roedd pawb yn gallu gweld y ficer yn mynd
yno, meddai Idwal.

Atgoffodd Henry fe taw dim ond taith chwarter awr
oedd hi rhwng tŷ y ficer a'r eglwys, a bod y ficer byth i
ffwrdd o'r tŷ am fwy na dwy awr ar y mwya. Felly,
doedd Henry ddim yn credu y byddai ficer eisiau mynd
i'r tŷ bach. A beth bynnag, gofynnodd Henry, ble roedd
Idwal yn mynd i roi'r tŷ bach 'ma? Dangosodd Idwal y
sièd cadw peiriant torri gwair i Henry. Roedd Idwal yn
credu bod y sièd yn ddigon mawr i'w droi'n dŷ bach i'r
ficer. Ond pan glywodd Henry y geiriau nesa aeth e'n
fud. 'Rwyt ti'n gweld, Henry, bydda i'n gallu gwneud
sedd bren gyfforddus yn y gornel 'na; rhoia i fwced o

peiriant torri gwair (eg)	lawn mower	*tŷ bach* (eg) (DC)	toilet, *lle chwech* (GC)
crefftwr (eg)	craftsman	*cyhoeddus*	public
llif (eg)	saw	*atgoffa*	to remind
morthwyl (eg)	hammer	*i ffwrdd*	away
hurt	stupid	*mud*	mute
		cyfforddus	comfortable

dani hi a galla i roi bachyn ar y wal i ddal y papur tŷ bach. O! ie, bydd rhaid i fi roi clo ar y drws hefyd. Does dim problem.'

Roedd hi'n amlwg bod Idwal eisiau dechrau ar y gwaith yn syth. Pan ddaeth Henry dros ei syndod, eglurodd e wrth Idwal na fyddai'r ficer na neb arall eisiau defnyddio'r fath dŷ bach. Byddai'n rhaid cael tŷ bach go iawn gyda dŵr ynddo fe. Hefyd, byddai rhaid cysylltu'r tŷ bach â'r system garthffosiaeth.

Doedd hynny ddim yn broblem, yn ôl Idwal. Roedd tap dŵr y fynwent wrth ymyl y sièd. Byddai fe'n gallu cysylltu'r dŵr ac wedyn gosod pibellau drwy'r fynwent i'r parc. Fyddai fe ddim yn anodd. Triodd Henry berswadio Idwal na fyddai neb eisiau gweld pibellau carthffosiaeth rhwng y beddau! Y drwg yw bod Bessie ddim yn siŵr iawn a yw Idwal wedi rhoi'r gorau i'r syniad yn llwyr.

Mai 21

Dechreuais i ar y bedwaredd bennod y bore 'ma ac roedd hi'n dod yn eitha da. Roedd Robat wedi mynd i ryw gyfarfod yn y dre ac aeth e â Tad-cu gyda fe i'r Ganolfan Ddydd am awr neu ddwy. Mae Tad-cu wrth ei fodd yn mynd yno unwaith yr wythnos. Mae e'n cael sgwrs â phobl o'r un oed â fe. Heddiw, roedd Robat am gael cinio yn Neuadd y Sir ac roedd Tad-cu'n bwyta yn y Ganolfan. Felly, penderfynais i gael brechdan salad yn lle gwastraffu amser yn gwneud pryd mawr o fwyd. Byddwn i'n gallu bwyta'r frechdan wrth weithio ar y nofel.

bachyn (eg)	hook	*cysylltu*	to connect
clo (eg)	lock	*pibellau* (ll)	pipes
egluro	to explain	*Neuadd y Sir* (eb)	County Hall

Yn y bennod 'ma mae Orig yn cwrdd â merch. Mae e'n cwympo mewn cariad â hi yn nes ymlaen yn y nofel. Ro'n i wrthi'n mwynhau fy hunan yn meddwl am sut roedd y stori'n mynd i ddatblygu pan ganodd cloch y drws. Ces i fy nhemtio i beidio â mynd i weld pwy oedd yno, ond es i ac dw i'n difaru nawr.

Pwy oedd yn sefyll yno a'i fag offer yn ei law ond Idwal Clochydd. Oerodd fy ngwaed. Roedd rhaid i fi ei wahodd e i mewn a chynnig cwpanaid o de iddo fe. Cafodd e ddarn o gacen hefyd. Heddiw, roedd popeth am Idwal yn mynd ar fy nerfau. Dyw e ddim yn clywed yn dda ac mae'n rhaid i bawb weiddi wrth siarad â fe. Hefyd, mae ei ddannedd gosod wedi mynd yn rhy fawr iddo fe ac maen nhw'n cadw sŵn wrth iddo fe siarad. A pheth arall, mae e'n sychu ei geg â chefn ei law ar ôl pob llwnc o de.

Ddwedodd e ddim pam roedd e wedi dod i fy ngweld i nes iddo orffen ei de a'i gacen. Mae Idwal yn poeri wrth siarad ac felly roedd llawer o friwsion ar y ford. Tynnodd e ddarn o bapur o'i fag offer a'i roi e ar y ford. Erbyn hyn, mae e'n credu ei fod e'n bensaer hefyd! Ar y papur, roedd Idwal wedi tynnu llun o gynllun y sièd cadw peiriant torri gwair ar ôl iddo fe ei droi'n dŷ bach i'r ficer. Fel Henry, es i'n fud a do'n i ddim yn gallu gwneud dim byd ond eistedd a gwrando ar Idwal yn egluro beth oedd ei gynlluniau.

---

cwrdd â	to meet, *cyfarfod*	*cadw sŵn*	to make a noise
nes ymlaen	later on	*llwnc* (eg)	gulp
difaru	to regret	*poeri*	to spit
bag offer (eg)	tool bag	*briwsion* (ll)	crumbs
gwaed (eg)	blood	*pensaer* (eg)	architect

'Chi'n gweld, chi yw warden yr eglwys. Dych chi'n gall a dych chi wedi cael addysg. Dych chi'n siŵr o gytuno bod cael tŷ bach i'r ficer yn syniad da. Does neb arall yn deall, maen nhw i gyd yn cael hwyl am fy mhen i.'

Gwnes i fy ngorau i ddweud wrtho fe na allwn i roi caniatâd iddo fe droi'r sièd yn dŷ bach. Eglurais i byddai'n rhaid iddo fe gael caniatâd y ficer a Chyngor Plwyf yr Eglwys. Dwedodd Idwal nad o'n i mor gall ag roedd e wedi ei feddwl. Do'n i ddim wedi deall taw syrpreis i'r ficer oedd y tŷ bach! Aeth e o'r tŷ yn ddigalon iawn. Do'n i ddim yn gallu mynd yn ôl at y nofel. Roedd Idwal wedi difetha fy niwrnod i.

Mae Robat yn siarad am dorri'r silwair yfory. Beth nesa? Bydd rhaid i fi ffarwelio â'r nofel am ychydig eto.

Mehefin 1
Mae hi'n fore bendigedig. Bues i'n brysur iawn yn y tŷ gwydr yn plannu basgedi crog i'r tŷ. Mae'r hadau bach ro'n i wedi eu plannu ym mis Ebrill wedi gwneud yn dda. Maen nhw'n barod i fynd allan nawr. Dw i'n hwyr yn plannu'r basgedi eleni. Mae gormod o bethau eraill gyda fi i'w gwneud fel arfer. Dw i wedi plannu dwsin o fasgedi erbyn hyn. Roedd hi'n dawel iawn yn y tŷ gwydr. Doedd neb o gwmpas a ches i lonydd i feddwl am Orig unwaith eto.

Dw i ar y chweched bennod erbyn hyn ac mae mwy a mwy o ddiddordeb gyda fi yn y cymeriadau a'r stori.

---

call	sensible	*bendigedig*	wonderful
addysg (eb)	education	*basgedi crog* (ll)	hanging baskets
caniatâd (eg)	permission	*cael llonydd i*	to have peace to
difetha	to destroy		

Dw i i fod i ysgrifennu un deg pump o benodau ac ychydig dros un deg pum mil o eiriau. Dau fis sydd ar ôl. Dw i'n credu bydda i wedi ysgrifennu'r drafft cynta mewn pryd, ond fydd e ddim yn ddigon da i fynd i'r wasg. Does dim bai ar neb ond fi fy hunan bod dim digon o amser gyda fi ar ôl i orffen y gwaith. Dyma fi nawr yn ysgrifennu yn fy nyddiadur yn lle mynd at y nofel. Ond mae'n rhaid cofnodi diwedd hanes tŷ bach y ficer. Daeth y ficer y prynhawn 'ma i adrodd yr hanes. Ffarwél Orig unwaith eto.

Achos fy mod i ddim wedi rhoi caniatâd i Idwal, aeth e i weld y ficer i ddweud ei gynlluniau mawr wrtho fe. Erbyn hyn roedd gwneud y tŷ bach yn fwy pwysig i Idwal na rhoi syrpreis i'r ficer. Bu bron i'r ficer gael ffit pan ddwedodd Idwal wrtho fe byddai'n neis cael tŷ bach yn yr eglwys erbyn i'r esgob ddod. Bu bron iddo fe ofyn i Idwal oedd e am wneud dau dwll yn y sedd fel yn y tai bach yn yr hen ddyddiau. Un twll iddo fe ac un i'r esgob!

Roedd rhaid i'r ficer gael amser i chwilio am resymau fyddai'n ei gwneud hi'n amhosibl i Idwal wneud y tŷ bach. Doedd e ddim eisiau i Idwal bwdu a gwrthod canu'r gloch. Idwal yw'r unig un sy'n gallu canu'r gloch a doedd y ficer ddim eisiau i Idwal wrthod ei chanu. Dwedodd y ficer wrth Idwal byddai fe'n edrych i mewn i'r peth. Byddai fe'n cysylltu â'r awdurdodau a gadael i Idwal wybod beth ro'n nhw'n ei ddweud.

---

gwasg (eb)	press	*gwrthod*	to refuse
bu bron i'r ficer	the vicar almost	*awdurdodau* (ll)	authorities
pwdu	to sulk		

Pan aeth y ficer yn ôl at Idwal wedi iddo fe siarad â'r 'awdurdodau', roedd e wedi creu rheolau codi tŷ bach llym iawn. Gobeithio na fydd Duw'n gweld bai ar y ficer. Dw i ddim yn credu bod y ficer ei hunan yn deall hanner y rheolau roedd e wedi eu creu! Ond y rheol gododd ofn mawr ar Idwal oedd y rheol bod rhaid i arolygwyr o'r Adran Iechyd a Diogelwch ac arolygwyr o Adran yr Amgylchedd alw bob dau ddiwrnod i weld bod popeth yn iawn. Hynny yw, dyna'r rheol yn ôl y ficer. Os na fyddai'r arolygwyr yn credu bod popeth yn iawn byddai dirwy fawr i'w thalu. Fel eglurodd y ficer wrth Idwal, doedd dim digon o arian gan yr eglwys i dalu dirwy fawr. Pwy fyddai'n gorfod talu'r ddirwy, felly, roedd Idwal eisiau gwybod? Y person oedd wedi gwneud y gwaith, wrth gwrs, atebodd y ficer! Ta ta tŷ bach.

Mehefin 8
Ffoniodd Mrs Sheila Cordelia Lettice Price-Roberts OBE y bore 'ma. Roedd aelodau Sefydliad y Merched wedi cael syniad ardderchog. Y syniad oedd bod dau aelod o bob cymdeithas ac enwad crefyddol yn y pentre yn cyfarfod yn y neuadd mewn pythefnos. Ro'n nhw i fod i drafod a threfnu rhywbeth yn Rhydfechan i dynnu'r pentre i gyd at ei gilydd. Wrth gwrs, roedd Sheila'n disgwyl i fi fod yn un o'r ddau aelod o'r eglwys. Roedd hi hefyd eisiau i ni i gyd feddwl am

---

arolygwyr (ll)	inspectors	*yn ôl*	according to
Adran Iechyd a	Health and Safety	*dirwy* (eb)	fine
Diogelwch (eb)	Department	*disgwyl*	to expect
Adran yr	Department of		
Amgylchedd (eb)	the Environment		

syniadau am bethau i'w gwneud. Bydden ni'n trafod syniadau pawb yn y cyfarfod. Ro'n i'n teimlo fel crio. Dyma rywbeth arall bydd rhaid i fi feddwl amdano fe. Yr unig beth ddwedodd Robat oedd, 'Does 'da'r fenyw 'na ddim digon i'w wneud. Mae'n siŵr bydd hi'n disgwyl cael ei gwneud yn *Dame of the British Empire* am hyn.'

Mae'n well i fi drio meddwl am syniadau i'r cyfarfod. Dw i'n mynd i holi'r plant. Efallai bydd syniadau mwy gwreiddiol gyda nhw; alla i ddim meddwl am ddim byd.

Mehefin 25

Mae ail grop y silwair yn barod. Mae'n rhaid i fi fynd i weld Annie Mary, Tŷ'n Gongl, sy yn yr ysbyty ar ôl torri ei chlun. Mae'n rhaid i fi wneud y gwaith tŷ hefyd. Mae llawer gormod o bethau gyda fi i'w gwneud. Mae Orig wedi mynd yn ôl i gabinet ffeilio fy nghof i. Erbyn hyn dw i'n gwybod na fydd y nofel wedi ei gorffen erbyn mis Awst. Dw i'n credu dylwn i ffonio i ddweud na fydd hi'n barod erbyn mis Awst. Dw i ddim yn edrych ymlaen at wneud hynny.

Pan ddwedais i wrth y plant am gyfarfod Sheila Price-Roberts OBE, dwedon nhw'r un peth â'u tad. Roedd y ddau ohonyn nhw'n gobeithio na fyddai'n rhaid iddyn nhw fynd i'r cyfarfod i gynrychioli'r Ffermwyr Ifainc. Yr unig syniad ges i ganddyn nhw oedd cael rhywbeth yn y pentre ar gyfer y plant.

Penderfynais i fynd i'r cyfarfod a chynnig fy syniadau fy hunan. Roedd nifer o bobl wedi dod, a

clun (eb)	hip	*cynrychioli*	to represent
cof (eg)	memory		

Sheila Price-Roberts OBE oedd yn y gadair. Roedd hi'n gwisgo ei dillad 'Cadeirydd' – siwt las tywyll, ddrud gyda sgarff fach bert a pherlau yn ei chlustiau. Roedd hi'n gwisgo teits hefyd er ei bod hi'n ganol haf. Ro'n i'n gwybod bod hi'n benderfynol bod ei syniad hi'n mynd i gael ei dderbyn. Wrth gwrs, gwrandawodd hi ar syniadau pawb arall i ddechrau. Daeth pob math o gynigion ond roedd y ddwy oedd yn cynrychioli Sefydliad y Merched yn gweld bai neu broblem ar bob syniad oedd yn cael ei gynnig. Tra oedd un ohonyn nhw'n siarad, roedd hi'r OBE yn nodio'i phen yn ddoeth.

Gan fod y cyfarfod hwn yn mynd ymlaen ac ymlaen, fel pob un arall yn Rhydfechan, gofynnodd Delme Roberts a oedd penderfyniad yn mynd i gael ei wneud o gwbl. Roedd llawer o waith ysgol gyda fe i'w wneud gartre. Cododd yr OBE i'w thraed, edrych dros ei hanner sbectol ac i lawr ei thrwyn arno fe. Yna yn araf a phwysig dwedodd hi fod gyda hi syniad bach. Doedd hi ddim wedi ei gynnig e cyn nawr rhag ofn i ni feddwl ei bod hi'n trio dylanwadu arnon ni. Ro'n ni i gyd yn gwybod yn iawn ei bod hi wedi dylanwadu ar Sefydliad y Merched. Roedd y ddau byped 'na wedi bod yn gweithio drosti hi drwy'r cyfarfod.

Beth oedd ei syniad gwych? Yn ôl yr OBE, roedd ei syniad hi'n rhywbeth fyddai'n tynnu'r pentre i gyd at ei gilydd. Byddai'n gwella'r gymdogaeth. Byddai'n wir sialens i bawb yn y pentre. Aeth hi ymlaen ac ymlaen cyn gosod Y SYNIAD o flaen aelodau'r cyfarfod.

---

cadeirydd (eg)	chairperson	*yn ddoeth*	wisely
pob math o	all kinds of	*dylanwadu ar*	to influence
cynigion (ll)	proposals		

Roedd hi eisiau i ni wneud ymdrech go iawn i dacluso Rhydfechan a cheisio ennill cystadleuaeth Pentre Taclusaf y Sir. Aeth pawb yn fud. Chafodd y cynnig mo'i dderbyn. Mae digon o waith gyda ni i'w wneud yn barod. Beth bynnag mae garddwr gyda hi. Aethon ni o'r cyfarfod heb benderfynu ar ddim byd. Roedd yr OBE yn siomedig iawn. Dyw pentrefwyr Rhydfechan ddim mor hawdd eu trin â merched Sefydliad y Merched!

Gorffennaf 2

Roedd cyngerdd yn yr eglwys neithiwr. Roedd rhaid i fi fynd achos fy mod i'n gwneud y te i'r côr a'r artistiaid yn y festri wedyn. Mae'r festri yn rhan o'r eglwys. Yn y prynhawn es i, Bessie a Pauline Parry i osod y byrddau yno. Rhoion ni'r llestri ar y byrddau a phice ar y maen ar blatiau. Llanwon ni'r boiler yn barod. Doedd y cyngerdd ddim yn dechrau tan hanner awr wedi saith, felly penderfynon ni droi'r boiler ymlaen ar gyfer gwneud te tua chwarter awr cyn hynny.

Roedd panig mawr yn y festri pan gyrhaeddais i ychydig cyn chwarter i saith. Roedd Bessie a Pauline fel dwy hen iâr, a gwaeth na dim roedd Idwal Clochydd yno. Idwal Clochydd gyda sgriwdreifar yn ei law! Doedd y boiler ddim yn gweithio. Roedd Idwal yn siŵr bod y boiler wedi chwythu ffiws. Roedd Idwal wedi tynnu ffiws o'r hwfer a'i roi fe yn y boiler. Ond doedd y boiler ddim yn gweithio. Beth am y te? Does neb yn gallu mynd o Rydfechan heb baned o de. I wneud pethau'n waeth, roedd cadeirydd y cyngerdd yn frawd

ymdrech (eb)	effort	*trin*	to manipulate
garddwr (eg)	gardener	*cyngerdd* (eg)	concert
siomedig	disappointed	*pice ar y maen* (ll)	Welsh cakes

i'r esgob. Byddai siŵr o ddweud wrth ei frawd nad oedd e wedi cael cynnig cwpanaid o de yn Rhydfechan!

Arna i roedd y bai bod Bessie wedi mynd i fwy o banig. Mae'r festri'n dywyll ac oer bob amser. Mae'n rhaid cael rhywfaint o wres yno, hyd yn oed yn yr haf. Ychydig iawn o olau sy'n dod drwy'r ffenestri uchel. Cerrig beddau yw'r llawr ac mae bob amser yn llaith. Gofynnais i heb feddwl,

'Oes rhywun wedi troi'r gwres ymlaen? Mae hi'n oer 'ma.'

Aeth Bessie'n wyn. Roedd hi wedi troi'r gwres ymlaen. Roedd hi'n amlwg bod y gwres ddim yn gweithio chwaith. Wrth lwc roedd y golau'n gweithio. Roedd pawb yn dal eu hanadl tra oedd Idwal yn gwneud yn siŵr bod trydan yn yr eglwys a bod yr organ yn iawn. Oedd, roedd trydan gyda ni ac roedd yr organ yn gweithio'n iawn. Ond beth am y te? Doedd dim ond un peth i'w wneud. Er bod y gynulleidfa wedi dechrau cyrraedd roedd rhaid i Idwal a Henry gario boiler o ddŵr i fyny'r eil.

Roedd y gynulleidfa'n gwenu ac roedd wynebau Henry ac Idwal yn goch. Do'n i ddim yn gallu peidio â chwerthin. Mae soced yng nghefn yr eglwys ac yno cafodd y dŵr ei ferwi. Ro'n i'n gallu clywed y dŵr yn berwi bob hyn a hyn drwy'r cyngerdd. Cywilydd ar yr eglwys! Heblaw am hynny aeth popeth yn iawn. Roedd e'n gyngerdd da a gwnaethon ni elw o dros wyth gan punt. Gobeithio na fydd rhaid i ni wneud dim byd arall am dipyn.

---

rhywfaint o	a certain amount of	*dal*	to hold
gwres (eg)	heating	*elw* (eg)	profit
llaith	damp		

Gorffennaf 11

Ro'n i'n gobeithio'n ofer. Mae rhywbeth ymlaen yn Rhydfechan o hyd. Beth nesa? Wel, y trip Ysgol Sul wrth gwrs. Heddiw yn yr eglwys cawson ni'r un drafodaeth 'dyn ni'n ei chael bob blwyddyn. I ble byddai'r trip yn mynd? Dyw trip ysgol Sul Rhydfechan erioed wedi cael ei drefnu heb ffwdan. Wrth gwrs, mae'r plant eisiau mynd i Oakwood, ond mae rhai o'r mamau yn credu bod Oakwood yn rhy ddrud. Mae un wraig eisiau mynd i Saundersfoot bob blwyddyn achos bod y lle'n wastad. Mae rhai pobl eraill eisiau mynd i Ddinbych-y-pysgod. Fel arfer, cytunodd pawb fod Aberystwyth yn rhy bell. Ar ôl trafod am amser hir, penderfynon ni taw i Ddinbych-y-pysgod bydden ni'n mynd eleni.

Mae'n rhaid i fi fynd neu bydd mwy o siarad amdana i nag am Iesu Grist ar ddydd Sul. Os bydd hi'n bwrw glaw mae siopau yno a digon o leoedd i gael bwyd a choffi. Bydda i'n gallu mynd i weld y tŷ Tuduraidd unwaith eto! Ym mis Awst 'dyn ni'n mynd ac mae Irene rhif 10 yn trefnu'r bws. 'Dyn ni ddim yn mynd ar y trydydd ar ddeg – mae'n ddydd Gwener eleni!

Erbyn hyn dw i hanner ffordd drwy'r nofel, ond does dim gobaith y bydd hi'n barod mewn pryd. Dw i ddim yn gwybod beth i'w ddweud pan ffonian nhw i ofyn amdani hi. Dw i ddim wedi cael amser i'w ffonio nhw! Beth am ddweud,

'Ydy, mae hanner y drafft cynta yn barod.'

Dyw e ddim yn swnio'n dda iawn. Efallai na fyddan nhw'n gofyn i fi ysgrifennu nofel byth eto. Bydda i'n

---

yn ofer	vainly	*Dinbych-y-pysgod*	Tenby
trafodaeth (eb)	discussion	*Tuduraidd*	Tudor
gwastad	flat		

gorffen y nofel ryw ddiwrnod. Dw i'n addo hynny i mi fy hunan. Dw i eisiau gweld beth sy'n digwydd i'r cymeriadau.

Gorffennaf 20

Aeth Robat, Iestyn, Mared a Llŷr i'r Sioe Frenhinol yn Llanelwedd. Mae Mared a Llŷr yn dal i weld ei gilydd. Arhosais i a Tad-cu gartre. Roedd Henry a Bessie wedi cynnig dod i'r fferm i gadw cwmni i Tad-cu fel fy mod i'n gallu mynd i'r Sioe, ond roedd cael diwrnod i fi fy hunan yn ormod o demtasiwn. Roedd Tad-cu yn teimlo'n ddigalon yn y bore ar ôl i Robat a'r plant fynd. Roedd e'n cofio am y dyddiau pan oedd e'n mynd i'r sioe. Roedd e'n hapusach ar ôl i fi wrando ar ei hanesion a rhoi sgonen gyda jam mefus cartre iddo fe. Mae e a'i stumog yn ffrindiau mawr.

Ces i ddiwrnod i'r brenin. Bues i'n eistedd dan y goeden afal yng nghysgod yr haul. Na, do'n i ddim yn torheulo, ro'n i'n ysgrifennu'r nofel. Roedd hi'n braf yno. Ro'n i'n gallu meddwl a gwneud nodiadau. Mae'r nofel yn dod ymlaen yn eitha da erbyn hyn. Dw i ddim yn meddwl bydd hi'n ennill y Fedal Ryddiaith mewn eisteddfod, ond does dim ots gyda fi am hynny. Dw i'n mwynhau. Erbyn hyn dw i'n difaru na fyddwn i wedi dweud 'Na' wrth bobl ambell waith a chario ymlaen gyda'r nofel. Dylwn i fod wedi rhoi'r nofel o flaen pethau eraill. Dylwn i fod wedi gwneud yn siŵr bod y nofel yn cael blaenoriaeth. Does neb wedi ffonio i ofyn i fi ei

Sioe Frenhinol	Royal Welsh Show	*diwrnod i'r brenin*	red letter day
sgonen (eb)	scone	*torheulo*	to sunbathe
mefus (ll)	strawberries	*nodiadau* (ll)	notes
		y Fedal Ryddiaith	the Prose Medal

hanfon hi i mewn eto. Efallai byddan nhw'n rhoi mwy o amser i fi orffen y gwaith. A bod yn onest, mae gormod o bethau eraill gyda fi i'w gwneud ar hyn o bryd. Ond dw i'n siŵr bydd mwy o amser pan fydd y gaeaf yn dod!

Canodd y ffôn y prynhawn 'ma. Roedd Mrs Bethan Huws o Nebo yn gofyn o'n i'n fodlon mynd i feirniadu yn eu sioe nhw. Roedd hi eisiau i fi feirniadu Sioe'r Babanod. Gwrthodais i'n syth. Fyddwn i byth yn gallu dioddef gweld y siom ar wyneb mamau y babanod nad oedd wedi ennill. Wedyn gofynnodd hi i fi feirniadu'r gystadleuaeth arlunio. Fi'n beirniadu arlunio! Dim ond lluniau o ddynion pìn dw i'n gallu ei wneud fy hunan. Mae'n debyg nad oes digon o feirniaid yn ardal Nebo. Dwedais i nad o'n i'n gallu mynd.

Dw i'n dechrau gwella. Dw i wedi gwrthod gwneud rhywbeth. Mae'n well i fi symud, bydd eisiau swper ar bawb wedi iddyn nhw gyrraedd adre. Bydda i a Tad-cu eisiau gwybod hanes y sioe hefyd.

Gorffennaf 28

Ces i brofiad pleserus heddiw. Ffoniodd Douglas Harries neithiwr. Mae Douglas yn trefnu popeth Cymraeg a Chymreig yn yr ardal. Mae grŵp o bobl o Gernyw yn aros yn yr ardal ac maen nhw i gyd yn siarad Cernyweg. Heddiw roedd Douglas yn mynd â nhw am daith o gwmpas y Cwm. Ffoniodd Douglas i fy ngwahodd i i gael cinio gyda nhw yn 'Yr Afr'. Derbyniais i'n syth. Derbyniais i'n rhy sydyn. Roedd rhaid i fi ganu am fy nghinio i. Wel, nid canu'n

beirniadu	to adjudicate	*arlunio*	painting
dioddef	to suffer	*Cernyw*	Cornwall
siom (eb)	disappointment	*Cernyweg* (eb)	Cornish

llythrennol. Roedd Douglas am fynd â nhw i'r eglwys ac roedd e eisiau i fi ddweud hanes yr eglwys wrthyn nhw. Ar ôl derbyn y gwahoddiad i gael cinio do'n i ddim yn gallu gwrthod.

Roedd y bobl o Gernyw'n bobl ddiddorol ac ro'n nhw'n gweithio'n galed iawn dros yr iaith yng Nghernyw. Yn rhyfedd iawn, ro'n i'n gallu deall rhai geiriau wrth iddyn nhw siarad. Ro'n nhw eisiau i fi ddysgu Cernyweg. Roedd rhestr o dapiau a llyfrau gyda nhw ar gyfer dysgu'r iaith. Gwrthodais i'n syth; dwedais i nad oedd digon o amser gyda fi. Dw i'n dechrau dysgu dweud 'Na'. Mae gobaith i Orig rhyw ddiwrnod.

Awst 1

Dw i'n mynd i fwynhau'r wythnos hon. Mae'r Eisteddfod ar y teledu. Dw i ddim yn gallu mynd i'r Eisteddfod pan mae hi yn y gogledd. Dyw ffermwr ddim yn gallu gadael y fferm am amser hir yn aml. Pan mae hi yn y de, dw i'n mynd am y dydd i gwrdd â hen ffrindiau. Mae'n rhyfedd, ond mae pob un o fy ffrindiau wedi mynd i edrych yn hen! Dyw Robat ddim yn dod gyda fi bob tro. Mae'n dibynnu ar y gwair.

Does neb wedi ffonio i holi am y nofel. Wel, dw i ddim yn mynd i'w ffonio nhw! Mae'r basgedi crog yn wych eleni. Mae'r tywydd wedi bod yn dda iddyn nhw ac i'r silwair. Gobeithio bydd hi'n sych pan awn ni ar drip yr Ysgol Sul. Mae Mared a Llŷr eisiau dod eleni. Dyna beth oedd sioc. Dw i ddim yn eu gweld nhw yn eistedd ar y traeth gyda ni. Dw i'n credu bod Tad-cu eisiau dod, ond mae arna i ofn y bydd y diwrnod yn rhy hir iddo fe.

---

yn llythrennol	literally	*gwair* (eg)	hay
dibynnu ar	to depend on		

Awst 12

Mae trip yr Ysgol Sul wedi bod. Roedd e'n ddiwrnod hyfryd. Roedd digon o haul, ac awel hyfryd o'r môr i'n hoeri ni. Roedd y bws yn llawn achos bod rhai o aelodau capeli'r pentre wedi dod gyda ni. Mae trip yr Ysgol Sul yn mynd yn fwy o drip pentre bob blwyddyn. Roedd Bessie a Henry wedi dod â llond bag o losin i bawb eu bwyta ar y daith i Ddinbych-y-pysgod. Roedd hi'n braf iawn ar y bws. Ro'n i'n gallu gweld i mewn i gaeau a gerddi pobl eraill. Dw i'n fusneslyd iawn.

Mae'n dipyn o antur mynd i lawr i'r traeth yn Ninbych-y-pysgod. Mac'n citha scrth ac mae'n anodd cerdded i lawr i'r traeth pan dych chi'n cario cymaint o fagiau â ni. Mae'r bwyd yn cymryd llawer o le. Mae'n rhaid i ni fynd â llawer o fwyd gyda ni achos does dim byd arall i'w wneud ond bwyta a siarad. Dwedodd Anita ei bod hi'n mynd i ddod â'r bwyd mewn ces dillad y flwyddyn nesa. Mae pump o blant gyda hi!

Mae pentrefwyr Rhydfechan yn mwynhau eu bwyd. Bob blwyddyn, ar ôl cyrraedd y traeth, 'dyn ni'n llogi cadeiriau glan môr. Dw i'n anghofio sut i osod y gadair bob tro. Ar ôl llwyddo gyda help a llawer o chwerthin, dw i'n rhoi digon o hufen haul ar fy nghroen, het am fy mhen i a fflasg wrth fy ochr. 'Dyn ni i gyd yn eistedd mewn hanner cylch yn siarad, bwyta, yfed a gwylio'r plant. Mae'n rhaid i ni gymharu brechdanau ac yn aml

---

awel (eb)	breeze	*serth*	steep
llond bag	a bagful	*ces dillad* (eg)	suitcase
cae (eg)	field	*llogi*	to hire
gerddi (ll)	gardens	*croen* (eg)	skin
busneslyd	nosey	*cylch* (eg)	circle
antur (eg)	adventure	*cymharu*	to compare

'dyn ni'n cyfnewid bwyd â'n gilydd. Roedd Winnie Maesllwyn wedi dod â ffyn bach o fara a llawer o *dips* gwahanol i bawb eu bwyta. Mae'r mamau ifanc yn mynd i nofio ac mae hyd yn oed rhai o'r bobl hŷn yn golchi eu traed. 'Dyn ni'n rhy swil i wisgo dillad nofio erbyn hyn. Mae rhai ohonon ni wedi mynd yn eitha tew!

Wrth gwrs, mae'n rhaid i bawb brynu hufen iâ. Mae rhai'n prynu mwy nag un weithiau! Bob blwyddyn mae pobl yn edrych yn rhyfedd arnon ni a'r plant. Mae'n siŵr eu bod nhw'n meddwl taw ar drip Barnado's ydyn ni! Wrth gwrs, mae rhai ohonon ni'n cwympo i gysgu. Eleni tynnon ni luniau'r bobl aeth i gysgu, a 'dyn ni'n mynd i roi'r lluniau yn y papur bro. Dw i ddim yn credu bydd y ficer yn maddau i ni. Roedd e'n un o'r bobl aeth i gysgu!

Ar ddiwedd y prynhawn, er ein bod wedi bwyta drwy'r dydd, mae'n rhaid cael sglodion a physgod cyn mynd adre. Dyna pryd gwelais i Mared a Llŷr am y tro cynta ers i ni gyrraedd. Roedd y ddau yn cael te yn yr un tŷ bwyta â ni. Ro'n nhw wedi mwynhau hefyd. Ro'n nhw wedi mynd i Ynys Bŷr ar y cwch. Roedd hi wedi bod yn ddiwrnod bendigedig.

Awst 13

Ces i newyddion drwg pan gyrhaeddais i'r tŷ neithiwr ar ôl y trip i Ddinbych-y-pysgod. Ro'n nhw wedi ffonio i holi am y nofel. Wnes i ddim cysgu'n dda iawn achos bod Robat wedi dweud wrthyn nhw byddwn i'n ffonio'n

cyfnewid	to swop	*tynnu llun*	to take a picture
ffyn (ll)	sticks	*maddau i*	to forgive
hŷn	older	*Ynys Bŷr*	Caldey Island
swil	shy	*cwch* (eg)	boat

ôl bore heddiw. Roedd e wedi anghofio fy mod i wedi cytuno i ysgrifennu'r nofel, felly doedd e ddim yn hapus iawn. 'Beth ar wyneb y ddaear rwyt ti'n mynd i'w ddweud wrthyn nhw? Dylet ti fod wedi eu ffonio nhw fisoedd yn ôl i ddweud dy fod di'n methu gorffen.' Wnes i mo'i ateb. Ro'n i'n trio penderfynu beth i'w wneud.

Ganol nos neithiwr, pan oedd Robat yn chwyrnu fel arfer, meddyliais i – pam fod rhaid i fi ddweud nad yw'r nofel yn barod? Dw i wedi bod yn ysgrifennu ers misoedd. Dw i ddim wedi ysgrifennu'r nofel am Orig ond dw i wedi ysgrifennu rhywbeth sy'n debyg i nofel. Mae hi'n nofel amdana i'n methu cael amser i ysgrifennu nofel. Mae'r drafft cynta ar y prosesydd geiriau. Fydda i ddim yn hir yn mynd drwyddi hi ac ail-ddrafftio. Bydd rhaid i fi newid enwau'r cymeriadau, a chuddwisgo rhai o'r digwyddiadau. Dw i ddim eisiau gwylltio pobl Rhydfechan, felly efallai bydd rhaid i fi dynnu rhai pethau allan. Dyna beth wna i. Bydda i'n gofyn ar y ffôn am gael wythnos arall. Dim ond un wythnos fach arall. Plîs!

Hwrê! Dw i wedi ffonio. Maen nhw'n fodlon rhoi wythnos arall i fi. Mae dydd Gwener y trydydd ar ddeg wedi bod yn dda i fi. Ddwedais i ddim beth oedd thema'r nofel na'i ffurf hi. Bydda i'n anfon y dyddiadur atyn nhw. Os byddwch chi'n darllen y dyddiadur rhyw ddiwrnod, byddwch yn gwybod ei fod e wedi cael ei dderbyn. Rhyw ddiwrnod, os gwelwch chi nofel â chymeriad o'r enw Orig ynddi hi, byddwch chi'n gwybod fy mod i wedi ei gorffen hithau hefyd.

daear (eb)	earth	*digwyddiad* (eg)	event
ail-ddrafftio	to re-draft	*thema* (eb)	theme
cuddwisgo	to camouflage	*ffurf* (eb)	form

Un peth dw i'n addo, dw i ddim yn mynd i ysgrifennu dyddiadur y flwyddyn nesa. Am unwaith, roedd Robat yn iawn. Dw i ddim yn gallu gwneud y ddau. Dw i ddim yn mynd i gadw ieir chwaith! Wel, ail-ddrafftio'r dyddiadur nawr a chroesi bysedd! Dw i'n gobeithio caf i'r amser!

Mae bachgen bach o'r pentre newydd ffonio. Mae e eisiau dod 'ma i gael hanes yr eglwys ar gyfer gwaith ysgol. Dw i'n gobeithio na fydd Robat yn ei weld e. O, wel! Beth nesa?

---

croesi bysedd   to cross one's
                    fingers

NODIADAU

Mae'r rhifau mewn cromfachau (*brackets*) yn cyfeirio at (*refer to*) rif y tudalennau yn y llyfr.

Ffurfiau berfol

* Gwelwch chi'r ffurfiau amser presennol isod yn y nofel:

yw	(ydy) Amser yw'r broblem. (13) *Time is the problem.*
'dyn ni	('dan ni) Bob blwyddyn 'dyn ni'n gofyn iddi hi ddewis emyn bach tawel, araf . . . (23) *Every year we ask her to choose a short, quiet hymn . . .*
dych chi	(dach chi) Os dych chi'n gallu dychmygu sŵn tebyg i sŵn morlo a sŵn gafr gyda'i gilydd, dyna lais Winnie Maesllwyn. (28) *If you can imagine a sound similar to the sound of a seal and a goat together, that is Winnie Maesllwyn's voice.*
dyw e ddim	(dydy e ddim) Dyw e ddim yn ffôl, ond dyw e ddim yn union fel ni. (31) *He's not too bad, but he's not exactly like us.*

* Gwelwch chi'r ffurfiau amherffaith isod yn y nofel:

Ro'n i (Roeddwn i) Ro'n i'n gwybod bod eisiau clirio bedd William. (37)
I knew that William's grave needed clearing.

Ro't ti (Roeddet ti) Sut ro't ti'n gwybod taw dyn oedd e? (37)
How did you know that he was a man?

Ro'n ni (Roedden ni) Iestyn yw capten y tŷ, felly ro'n ni i gyd yn falch bod ei dŷ e wedi ennill. (31)
Iestyn is the captain of the house, so we were all glad that his house had won.

Ro'ch chi (Roeddech chi) Am bris y tocyn ro'ch chi'n cael mynd i mewn i'r ffair a chael rhywbeth bach i'w fwyta. (46)
For the price of the ticket you gained entry into the fair and had a bite to eat.

Ro'n nhw (Roedden nhw) Ro'n nhw'n mwynhau byw ynghanol y pentre. (32)
They enjoyed living in the middle of the village.

1. Gyda . . .

Yn iaith y De, mae **gyda** yn cael ei ddefnyddio i ddynodi meddiant (*denote possession*), ac fel **with** yn Saesneg. Mae **gyda** yn aml yn troi'n **'da** pan fydd pobl yn siarad:

Iaith y De	Iaith y Gogledd
Mae car gyda fi	Mae gen i gar
Mae'n gas 'da fi dywydd oer	Mae'n gas gen i dywydd oer
Dw i'n mynd 'da Sam	Dw i'n mynd efo Sam

Dw i'n siŵr bod Robat yn tynnu ei fotymau'n bwrpasol weithiau i ddangos nad oes amser gyda fi i wneud fy ngwaith yn y tŷ ac ysgrifennu nofel. (15)
I'm sure that Robat pulls his buttons off intentionally sometimes to show that I have no time to do my work in the house and write a novel.

'Fyddet ti ddim yn gallu byw 'da bachgen fel hwnna ar hyd dy oes.' (40)
'You couldn't live with a boy like that all your life.'

2. Meddai *(said)*

Mae **meddai** yn cael ei ddefnyddio ar ôl geiriau sy'n cael eu dyfynnu *(quoted)*:

'Peidiwch â dweud gair wrth Mared,' meddai fe, 'ond mae trasiedi'r ganrif wedi digwydd.' (39)
'Don't say a word to Mared,' he said, 'but the tragedy of the century has happened.'

3. Amodol (*conditional*)

Mae gan y berfenw **bod** lawer o wahanol ffurfiau yn yr amodol.
Dyma ffurfiau' r nofel hon:

Byddwn i (*I would be*)	Bydden ni
Byddet ti	Byddech chi
Byddai fe/hi	Bydden nhw
'swn i (*If I were*)	'sen ni
'set ti	'sech chi
'sai fe/hi	'sen nhw

Byddwn i wrth fy modd 'sai pob crys yn cau â felcro. (16)
I would be delighted if every shirt fastened with velcro.

Roedd hi'n disgrifio'r cocos fel 'sen nhw'r pethau mwya
blasus dan haul. (21)
*She was describing the cockles as if they were the tastiest
things under the sun.*

4. gan/wrth

Mae **gan** ac **wrth** yn cael eu defnyddio i gyfleu gweithred (*to
convey an action*) sy'n digwydd yr un pryd â (*the same time as*)
gweithred arall. Maen nhw'n cyfateb (*correspond*) i **ing** yn Saesneg:

Dw i'n fy ngweld fy hunan yn cerdded o gwmpas y tŷ gan
sibrwd i mi fy hunan . . . (15)
I see myself walking about the house whispering to myself . . .

Mae'r plant yn chwerthin ac yn pwnio ei gilydd wrth weld
pen-ôl mawr Bessie'n symud o ochr i ochr ar stôl y piano a'i
phen yn mynd lan a lawr gyda'r rhythm. (22)
*The children laugh and nudge each other seeing Bessie's big
bottom moving from side to side on the piano stool and her
head going up and down with the rhythm.*

Mae **'wrth i'** yn cyfateb i **as** yn Saesneg:

Hefyd, mae ei ddannedd gosod wedi mynd yn rhy fawr iddo
fe ac maen nhw'n cadw sŵn wrth iddo fe siarad. (59)
*His false teeth have got too big for him as well and they make
a noise as he speaks.*

77

Hefyd yng Nghyfres

NOFELAU NAWR

Bywyd Blodwen Jones
gan Bethan Gwanas

Mae Blodwen Jones yn dysgu Cymraeg, ac mae'r tiwtor Llew 'hyfryd hyfryd' Morgan wedi gofyn i bawb gadw dyddiadur (*diary*). Dyma fo.

Dyma fywyd preifat merch sengl 38 oed, sy'n byw efo'i gafr (*goat*) a chath ac sy'n llyfrgellydd (*librarian*) yng Ngogledd Cymru. Ei breuddwyd (*dream*) hi ydi priodi Llew Morgan a dysgu Cymraeg yn iawn. Ond dydi bywyd ddim yn hawdd i Blodwen.

£3.50

ISBN: 1 85902 759 8

Hefyd yng Nghyfres

N O F E L A U **NAWR**

Cadwyn o Flodau
gan Sonia Edwards

Mae Lia'n dianc *(to escape)* oddi wrth ei
gorffennol trist dim ond i gael ei
chaethiwo *(to trap)* mewn priodas ddiflas
gyda gŵr hunanol *(selfish)*. Yna mae
Andrew Pearce yn dod yn weinidog
(minister) newydd i'r Capel Bach ac mae
Lia'n sylweddoli *(to realise)* fod ganddi hi
hefyd yr hawl *(right)* i fod yn hapus.
Mae'r hyn sy'n digwydd nesaf yn newid
ei bywyd. Mae'n cychwyn *(to start)* ar
daith fentrus *(adventurous)* i'w hadnabod
ei hun, dim ond i gael ei chaethiwo eto –
gan 'Gadwyn *(chain)* o Flodau'.

£3.50

ISBN: 1 85902 863 2